COLLECTION FOLIO

William S. Burroughs
Jack Kerouac

Et les hippopotames ont bouilli vifs dans leurs piscines

Postface de James Grauerholz

Traduit de l'américain
par Josée Kamoun

Gallimard

Titre original :

AND THE HIPPOS WERE BOILED IN THEIR TANKS

William S. Burroughs est né en 1914 à Saint-Louis (Missouri). Il est le petit-fils de l'inventeur de la machine à calculer du même nom. Après avoir été « l'homme de tous les métiers », il commença d'écrire à l'âge de trente-cinq ans. Héroïnomane, homosexuel, amateur d'armes à feu, il fut l'écrivain le plus original de la Beat Generation. Il a longtemps été considéré comme un auteur maudit, avant d'être tenu à partir de 1975 comme un des plus novateurs. Après avoir longtemps vécu à Tanger, il retourne en 1974 aux États-Unis et meurt en 1997 à Lawrence (Texas).

Jack Kerouac est né en 1922 à Lowell, Massachusetts, dans une famille d'origine canadienne-française. Étudiant à Columbia, marin durant la Seconde Guerre mondiale, il rencontre à New York, en 1944, William S. Burroughs et Allen Ginsberg, avec lesquels il mène une vie de bohème à Greenwich Village. Nuits sans sommeil, alcool et drogues, sexe et homosexualité, délires poétiques et jazz bop ou cool, vagabondages sans argent à travers les États-Unis, de New York à San Francisco, de Denver à La Nouvelle-Orléans, et jusqu'à Mexico, vie collective trépidante ou quête solitaire aux lisières de la folie ou de la sagesse, révolte mystique et recherche du *satori* sont quelques-unes des caractéristiques de ce mode de vie qui est un défi à l'Amérique conformiste et bien-pensante.

Après son premier livre, *The Town and the City*, qui paraît en 1950, il met au point une technique nouvelle, très spontanée, à laquelle on a donné le nom de « littérature de l'instant » et qui aboutira à la publication de *Sur la route* en 1957, centré sur le personnage obscur et fascinant de Dean Moriarty

(Neal Cassady). Il est alors considéré comme le chef de file de la Beat Generation. Après un voyage à Tanger, Paris et Londres, il s'installe avec sa mère à Long Island puis en Floride, et publie, entre autres, *Les Souterrains, Les clochards célestes, Le vagabond solitaire, Anges de la Désolation* et *Big Sur.*

Jack Kerouac est mort en 1969, à l'âge de quarante-sept ans.

NOTE ÉDITORIALE

Le premier feuillet dactylographié du manuscrit de 1945 donne pour auteurs « William Lee » (pseudonyme de William S. Burroughs) et « John Kerouac » (pour Jack Kerouac) et précise : « Les chapitres Will Dennison ont été écrits par William Lee, les chapitres Mike Ryko par John Kerouac. »

1

WILL DENNISON

Le samedi soir, les bars ferment à trois heures, si bien que je me suis retrouvé chez moi vers quatre heures moins le quart, après avoir pris le petit déjeuner au Riker's, sur la Septième Avenue, au niveau de Christopher Street. J'ai balancé les *News* et le *Mirror* sur le canapé, j'ai retiré ma veste en seersucker et je l'ai jetée pardessus. Au lit, direct.

C'est là qu'on a sonné. La sonnette est stridente, elle vous transperce le système, alors je me suis précipité pour déclencher l'ouverture de la porte d'en bas. Puis j'ai ramassé ma veste sur le canapé, et je l'ai posée sur un dossier de chaise, pour qu'on ne s'asseye pas dessus ; les journaux, je les ai glissés dans un tiroir : je voulais être sûr de les retrouver à mon réveil. Ensuite, je suis allé ouvrir la porte juste à temps pour qu'ils n'aient pas besoin de frapper.

Ils sont entrés chez moi à quatre. Je vais vous en faire une description générale, avec aspect physique, puisque cette histoire roule essentiellement sur deux d'entre eux.

Phillip Tourian a dix-sept ans ; moitié turc, moitié américain. Il dispose de plusieurs identités, mais il aime bien qu'on l'appelle Tourian. (Son père, lui, se fait appeler Rogers.) Il a des boucles noires qui lui tombent sur le front, le teint très pâle et les yeux verts. Avant même que les autres soient entrés dans la pièce, il avait pris ses aises, jambe passée sur le bras du fauteuil le plus confortable.

C'est le genre de gars à qui les tantouzes à prétentions littéraires dédient des sonnets sur le mode : « Ô toi, éphèbe grec aux cheveux de jais... » Il portait des jeans crasseux et une chemise kaki, dont il avait retroussé les manches sur ses avant-bras musclés.

Ramsay Allen est assez impressionnant à voir, la quarantaine grisonnante, grand, un peu flasque. On dirait un acteur tombé dans la dèche, un personnage qui aurait connu des jours meilleurs. À côté de ça, c'est un type du Sud, qui se dit de bonne famille, comme tous les sudistes. Il est très intelligent, mais on ne risquerait pas de s'en douter à le voir : il est tellement toqué de Phillip qu'il lui tourne autour comme un vautour intimidé, avec un sourire d'une niaiserie dégoulinante.

C'est un des types les plus chouettes que je connaisse, d'une excellente compagnie. Phillip aussi, d'ailleurs. Mais dieu sait pourquoi, dès qu'ils sont ensemble, ils tapent sur les nerfs de tout le monde.

Agnes O'Rourke a une laideur typiquement

irlandaise, des cheveux noirs en brosse, elle ne porte que des pantalons. C'est une fille directe, virile, fiable. Mike Ryko a dix-neuf ans, c'est un Finlandais roux, genre officier de la Marchande, sauf qu'il porte un treillis crasseux.

Voilà le quatuor, tel quel, Agnes une bouteille à la main.

« Ah, du Canadian Club », j'ai dit. « Entrez donc, asseyez-vous. » C'était déjà fait, alors j'ai sorti des verres, et chacun s'en est versé une giclée. Agnes m'a demandé de l'eau, je suis allé lui en chercher.

Phillip avait eu une illumination philosophique qu'il avait manifestement développée au cours de la soirée, et il se proposait de m'en faire profiter. « J'ai mis au point toute une philosophie autour de l'idée que le mal c'est le gaspillage, et le bien, la création. Tant que tu crées, c'est bien, le seul péché, c'est de gâcher ton potentiel. »

Moi, je trouvais ça passablement crétin, alors j'ai dit : « Je sais bien que je suis qu'un pauvre barman paumé, seulement les réclames pour le savon Cadum, c'est bien du créatif ? »

Et lui : « Ouais, mais tu vois, c'est du créatif gâché. On est dans la dichotomie, là. Et puis on peut aussi avoir du gaspillage créatif, comme là, quand je te parle. »

Alors moi : « Ouais mais enfin, c'est quoi tes critères de différence entre gaspillage et création ? N'importe qui pourra toujours te dire que ce qu'il fait c'est créatif, alors que ce que font les autres, c'est du gaspillage. C'est trop général, ton truc, ça veut plus rien dire. »

Ma remarque a eu l'air de le frapper comme un direct au plexus, il faut croire qu'il n'avait pas rencontré beaucoup de contradiction jusque-là. Toujours est-il qu'il a laissé tomber sa philosophie aussi sec, ce qui m'arrangeait bien, j'ai pas de temps à perdre pour écouter des idées pareilles.

Là-dessus, le voilà qui me demande si j'ai de la marijuana, et je lui dis que j'en ai pas beaucoup, mais il insiste, il veut fumer, alors j'ai sorti les sèches du tiroir du bureau, on s'en est allumé une et on l'a fait tourner. C'était vraiment du foin, et ce malheureux joint n'a défoncé personne.

Ryko, assis sur le divan et qui n'avait rien dit jusque-là, a raconté : « J'ai fumé cinq joints à Port Arthur au Texas, et je me rappelle plus rien du patelin. »

« On a du mal a en avoir, en ce moment », j'ai dit. « Je sais pas où je vais en trouver quand ce que j'ai sera fini. » Mais Phillip a piqué une autre clope, et il s'est mis à la fumer. Alors je me suis versé un plein verre de Canadian Club.

Tout d'un coup, j'ai trouvé ça louche, au fait : eux qui n'ont jamais un sou, comment ils se l'étaient procuré, leur Canadian Club ?

« Agnes l'a piqué dans un bar », m'a dit Al.

Si j'ai bien compris, Al et Agnes étaient en train de boire une bière au bout du comptoir du Pied Piper's, quand tout d'un coup elle lui dit : « Ramasse ta monnaie on se casse, j'ai une bouteille de Canadian Club dans ma veste. » Al l'a suivie, il avait plus peur qu'elle. Il l'avait même pas vue embarquer la bouteille.

Ça s'était passé en début de soirée, et ils en avaient déjà descendu la moitié. J'ai félicité Agnes, qui m'a fait un sourire complaisant.

« Fastoche », elle m'a dit. « Je le referai. »

« Sans moi, en tout cas », j'ai pensé en moi-même.

La conversation a langui ; j'avais trop sommeil pour parler. Il s'est dit quelque chose que je n'ai pas entendu, et au moment où je levais les yeux, Phillip avait mordu dans son verre à cocktail, et il était en train d'en mâcher un gros bout, le bruit s'entendait jusqu'à l'autre bout de la pièce. Agnes et Ryko faisaient la grimace comme quand la craie grince sur le tableau.

Phillip a mâché son bout de verre soigneusement, et il l'a fait descendre en buvant une bonne rasade d'eau dans le verre d'Agnes. Alors Al a commencé à bouffer son verre, lui aussi, et je suis allé lui chercher de l'eau pour le faire descendre. Agnes m'a demandé si je pensais qu'ils allaient mourir, j'ai dit non, aucun danger, si on mâche bien, c'est pas pire que de manger du sable. Toutes ces histoires de gens qui seraient morts d'avoir mangé du verre pilé, c'est n'importe quoi.

Ça m'a donné une idée de gag : « Je manque à tous mes devoirs d'hôte », j'ai dit. « Quelqu'un a faim ? J'ai une petite gâterie, arrivée aujourd'hui. »

En cet instant, Al et Phillip retiraient les éclats de verre coincés entre leurs dents. Al était dans la salle de bains, il regardait ses gencives dans la glace, et elles saignaient.

« Oui, j'ai faim », il a répondu.

Phillip m'a dit que la dégustation du verre lui avait aiguisé l'appétit.

Al m'a demandé si ma daronne m'avait envoyé un colis de provisions, et j'ai répondu : « Oui, justement, un vrai régal. »

J'ai fait le tour du placard, et je suis revenu avec un millefeuille de lames de rasoir usagées sur une assiette, accompagné d'un pot de moutarde.

« Espèce de salaud, m'a dit Phillip, j'ai faim, sérieux. » Moi, je la trouvais bien bonne et j'ai dit : « Morts de rire, non ?

— J'ai vu un gars bouffer des lames de rasoir, à Chicago, a dit Ryko. Des lames de rasoir, du verre, et puis des ampoules. Pour finir, il a même bouffé une assiette en porcelaine. »

À cette heure, tout le monde était bourré, sauf Agnes et moi. Al était assis aux pieds de Phillip, il le regardait avec des yeux de merlan frit. J'avais hâte qu'ils rentrent chez eux, tous tant qu'ils étaient.

Là-dessus, voilà Phillip qui se lève en disant : « Venez, on monte sur le toit.

— D'ac, s'écrie Al en bondissant sur ses pieds comme si c'était l'idée du siècle.

— Mais non », je dis, « vous allez réveiller la propriétaire, et y a rien à voir là-haut, en plus.

— Va te faire foutre, Dennison », m'a dit Al, furieux que j'essaie de contrarier Phillip dans son initiative.

Et les voilà qui sortent de l'appartement jambes flageolantes, et qui grimpent l'escalier. La propriétaire et sa famille occupent l'appartement au-dessus du mien, et au-dessus d'eux il n'y a plus que le toit.

Je me suis rassis, en me versant du Canadian Club. Agnes n'en voulait plus, elle a annoncé qu'elle rentrait ; Ryko s'était endormi sur le canapé, alors j'ai fini la bouteille, et Agnes s'est levée pour partir.

On a entendu un vague barouf sur le toit, suivi d'un bris de verre, dans la rue. On s'est approchés de la fenêtre, et Agnes a dit : « Ils ont dû balancer un verre dans la rue. »

C'était plausible, alors j'ai sorti la tête avec circonspection ; une femme levait les yeux vers nous en nous insultant. Le gris de l'aube nimbait la rue.

« Ça va pas, non, bande de salauds, vous voulez tuer quelqu'un, ou quoi ? »

Pour moi, la meilleure défense c'est l'attaque, alors j'ai dit : « Ta gueule ! Tu réveilles tout le monde. Casse-toi ou j'appelle les flics », et puis j'ai éteint la lumière comme le gars qui se recouche après avoir été tiré de son sommeil.

Au bout de quelques minutes, elle est repartie en pestant toujours, et moi aussi, intérieurement du moins, au souvenir de tous les ennuis qu'ils m'avaient attirés, ces deux-là, au fil du temps. La fois où ils avaient bousillé ma bagnole, à Newark. Celle où je m'étais fait virer d'un hôtel, à Washington, parce que Phillip avait pissé par la fenêtre. J'en passe, et des meilleures. Des blagues de potache, à la mode en 1910, quoi. C'était comme ça dès qu'ils se retrouvaient. Pris séparément, ils étaient très bien.

J'ai rallumé, et Agnes est partie. Le calme était revenu sur le toit.

« J'espère qu'il va pas leur prendre fantaisie de sauter », j'ai soliloqué — Ryko s'était endormi. « Bon, ils peuvent bien rester perchés là-haut toute la nuit si ça les amuse, moi je me couche. »

Je me suis déshabillé et je me suis mis au lit, en laissant le canapé à Ryko. Il pouvait être six heures du matin.

2

MIKE RYKO

Je suis parti de chez Dennison vers six heures, pour rentrer chez moi, à Washington Square. Dans la rue, la matinée était brumeuse et frisquette, le soleil encore derrière les quais de l'East River. J'ai pris par Bleecker Street, en entrant au Riker's au passage, pour voir si Phillip et Al s'y trouvaient.

Quand je suis arrivé à Washington Square, j'avais tellement sommeil que je ne marchais plus droit. Je suis monté chez Janie, au troisième, j'ai jeté mes vêtements sur une chaise, et je l'ai poussée pour me faire de la place dans le lit. Le chat courait dans tous les sens, en jouant avec les draps.

Le dimanche après-midi, à mon réveil, on entendait le Philharmonic à la radio du séjour. Je me suis assis dans le lit, et en me penchant j'ai vu Janie assise sur le canapé, une serviette autour du corps, les cheveux mouillés, elle sortait de la douche.

Phillip était assis par terre, drapé dans une serviette, lui aussi, cigarette au bec, il écoutait la musique, qui se trouvait être la Première Symphonie de Brahms.

« Hé », j'ai dit, « balancez-moi une sèche ».

Janie est venue jusqu'à moi en me disant « Bonjour » sur un ton de gamine ironique, et elle m'en a donné une.

« Bon dieu, qu'il fait chaud », j'ai dit.

« Lève-toi et va prendre une douche, salopard.

— Qu'est-ce qu'il te prend ?

— Tu vas pas me la faire. T'as fumé de la marijuana, hier soir.

— C'était du foin, de toute façon », j'ai dit en allant dans la salle de bains. Le soleil de juin inondait la pièce, et le jet froid de la douche m'a donné l'impression de plonger dans un étang à l'ombre, un après-midi d'été, en Pennsylvanie.

Après, je me suis installé dans le séjour, une serviette autour du corps, avec un verre d'orangeade bien fraîche, et j'ai demandé à Phillip où il était allé, la veille, avec Ramsay Allen. Il m'a dit qu'en partant de chez Dennison, ils s'étaient dirigés vers l'Empire State Building.

« Pourquoi ça ?

— On se disait qu'on allait sauter. Je me rappelle plus bien.

— Sauter, rien que ça ? »

On a parlé un moment de la Vision Nouvelle que Phillip était en train d'élaborer, et puis, mon orangeade finie, je me suis levé et je suis passé dans la chambre enfiler mon pantalon. « J'ai faim », j'ai dit.

Janie et Phillip se sont habillés, et je me suis installé dans la petite alcôve qu'on appelle la bibliothèque, pour feuilleter des trucs, sur le bureau. Piano, à mon rythme, je me préparais à prendre la mer. J'ai disposé plusieurs papiers sur le bureau, et quand je suis retourné dans le séjour, Phillip et Janie étaient prêts. On est descendus et on est sortis.

« Quand est-ce que tu reprends la mer, Mike ? m'a demandé Phillip.

— D'ici une ou deux semaines.

— Vous faites chier, a dit Janie.

— Écoute », il m'a dit en traversant la place, « je me demande si je devrais pas en faire autant. Tu sais que tout en ayant mes papiers de marin, j'ai jamais embarqué. Qu'est-ce qu'il faut que je fasse pour me trouver un bateau ? »

Je lui ai indiqué les démarches, en deux mots.

Il a hoché la tête, d'un air satisfait. « Je vais le faire », il a dit. « Et tu crois que ce serait possible qu'on embarque sur le même bateau ?

— Oh oui », j'ai répondu. « Mais ça te prend subitement ? Et ton oncle, qu'est-ce qu'il va dire ?

— Il demandera pas mieux. Il sera ravi de me voir m'engager dans une action patriotique et tout et tout. Et en plus, pas fâché de se débarrasser de moi un moment. »

J'ai exprimé mon approbation de tout le projet. J'ai dit à Phil que c'était toujours mieux d'embarquer avec un coéquipier, pour le cas où on aurait des problèmes à bord, avec les autres membres de l'équipage. Je lui ai dit que quand tu connais personne, tu risques toujours de t'en prendre plein la gueule, surtout si tu as tendance à faire bande à part. C'est le genre de comportement qui, sans qu'on s'en rende compte, te fait mal voir des autres marins, je lui ai dit.

On est entrés au Frying Pan's, sur la Huitième. Janie avait encore un peu de fric qui lui restait du dernier chèque de ses rentes. C'était une fille de Denver, Colorado, mais ça faisait plus d'un an qu'elle n'était pas retournée chez elle. Son père, veuf âgé et plein aux as, s'était installé dans un palace, et lui écrivait de temps en temps pour lui raconter sa vie de château.

Janie et moi, on a commandé des œufs au bacon tout bêtes, mais Phillip a réclamé des œufs coque à trois minutes et demie. Il y avait une nouvelle serveuse derrière le comptoir, et elle l'a regardé de travers. Il fait souvent mauvaise impression, avec ses allures exotiques ; les gens le prennent pour un camé, ou un pédé.

« Je veux pas qu'Allen apprenne que j'embarque », il a dit. « Tout le but du jeu, c'est justement de lui échapper. S'il vient à le savoir, il risque de tout faire foirer. »

Ça m'a fait rire.

« Tu le connais pas », m'a dit Phillip, sérieux comme un pape, « il est capable de tout. Ça fait trop longtemps que je le connais.

— Si tu veux te débarrasser de lui », j'ai dit, « pourquoi tu lui dis pas de te lâcher, d'arrêter de te coller au train ?

— Ça marcherait pas. C'est plus fort que lui. »

On a bu notre jus de tomate sans rien dire.

« Ta logique m'échappe, Phil », j'ai dit. « Moi j'ai plutôt l'impression que ça te gêne pas trop qu'il te colle au train tout le temps, tant qu'il te drague pas. Je serais même tenté de dire que ça t'arrange bien, parfois.

— Ça commence à me déranger.

— Et qu'est-ce qu'il se passerait s'il apprenait que tu embarques ?

— Tout et n'importe quoi.

— Et s'il ne l'apprenait qu'une fois que tu aurais levé l'ancre ?

— Il est fichu de m'attendre au port de destination, je le trouverais un béret sur la tête, en train d'ouvrir des coquillages avec cinq ou six petits Arabes à ses pieds, sur la plage.

— Elle est bien bonne », j'ai dit en rigolant.

« T'es pas obligé de mettre cette pédale au courant de tous tes faits et gestes », a dit Janie.

« Elle est très bonne, celle de la plage », j'ai dit.

Nos œufs étaient arrivés, mais ceux de Phillip étaient carrément crus. Il a appelé la serveuse : « Ils sont crus, ces œufs », il a dit, et, joignant le geste à la parole, il a plongé sa cuillère dedans et l'a retirée avec un filament glaireux.

La serveuse a dit : « Vous m'avez demandé

des œufs mollets, non? On va pas vous les reprendre. »

Phillip a poussé les œufs sur le comptoir. « Mettez-m'en deux à quatre minutes, si ça peut vous simplifier la vie. » Sur quoi il s'est tourné vers moi pour me parler de sa Vision Nouvelle. La serveuse lui a arraché les œufs, et elle a foncé jusqu'au passe-plat en lançant : « Deux œufs coque, à quatre minutes! »

Quand les œufs sont revenus, ils étaient impec. La serveuse les lui a servis en faisant claquer l'assiette. Il s'est mis à les manger, imperturbablement.

« Bon », j'ai dit, après avoir fini mon petit déjeuner, « demain tu vas à Broadway comme je t'ai expliqué, tu remplis les formalités, et je te garantis qu'on va trouver un bateau dans la semaine. On sera en haute mer avant qu'Allen se soit aperçu de quoi que ce soit.

— Parfait, a dit Phillip, je veux larguer les amarres au plus vite.

— Impossible de choisir la destination », j'ai signalé.

« C'est pas grave, mais j'aimerais bien que ce soit la France.

— Moi aussi, mais tu y es déjà allé, toi, en France.

— Quand j'avais quatorze ans, avec ma mère, et ma gouvernante anglaise qui me filait le train... Ce que je voudrais bien voir, c'est le Quartier latin.

— C'est à Paris, le Quartier latin, nous on

aura juste droit au rivage de la péninsule normande, ça m'étonnerait qu'on voie Paris cette fois-ci.

— Il y aura peut-être quand même une extension jusqu'à Paris. De toute façon, l'essentiel est de quitter l'Amérique.

— Tu pourras dire que tu as mis un océan entre Ramsay Allen et toi.

— J'y compte bien.

— Et puis tu auras tout le temps d'écrire des poèmes.

— Autre avantage.

— Pourquoi tu peux pas écrire tes poèmes et travailler à ta Vision Nouvelle à New York ?

— Parce que j'ai Allen dans les pattes, a répondu Phillip en souriant. Moi j'ai des idées neuves, et lui, il est de la vieille école.

— Ah, te voilà bien ingrat envers ton vieux maître vénérable. »

Phillip m'a fait un petit sourire sous cape.

« Vous dites que des conneries, tous les deux », a protesté Janie. « Vous voulez vous faire du fric, oui ou non ? Quand vous rentrerez, pourquoi on n'irait pas passer l'hiver en Floride ou à La Nouvelle-Orléans, par exemple, au diable la poésie ! »

On avait des cigarettes mais pas d'allumettes. Phil a hélé la serveuse : « Dites voir, vous n'auriez pas une allumette, jeune fille ?

— Non, a répondu la serveuse.

— Eh bien allez en chercher, alors », a-t-il dit de sa voix claire et posée.

Elle a sorti une boîte d'allumettes en bois de sous le comptoir, et elle la lui a jetée. La boîte a atterri dans mon assiette, où elle a fait valser quelques frites. Phillip l'a ramassée et il a allumé nos trois cigarettes, après quoi il l'a catapultée juste à côté d'elle.

Le bruit l'a fait sursauter, et elle s'est exclamée : « Oh, j'aurais jamais dû vous la donner. »

Phillip lui a souri.

« Elle doit avoir ses règles », j'ai dit.

Sur quoi un petit mec trapu s'est avancé vers moi : « T'es un petit malin, toi, pas vrai ?

— Et comment ! » j'ai répondu. Ça sentait la bagarre.

« C'est cette garce qui a commencé, a dit Janie. Vous avez qu'à vous trouver une autre serveuse. »

Le garçon nous a lancé un regard mauvais, et il s'est éloigné.

« Allez, on s'en va », a dit Janie. Elle a payé, et on est sortis.

On est retournés à Washington Square, et on s'est assis à l'ombre, sur un banc. J'en ai eu marre, alors je suis allé m'asseoir sur l'herbe, en mâchonnant une brindille. Je réfléchissais aux livres que j'allais emporter à bord, je pensais aux bordées qu'on se paierait dans les ports à l'étranger, Phil et moi. Phil et Janie parlaient de sa nana, Barbara Bennington, Babs pour les intimes, en se demandant ce qu'elle dirait quand il lui annoncerait son départ subit.

C'est alors qu'un petit vieux est arrivé, fin

saoul, les jambes flageolantes, en marmonnant dans sa barbe. Il s'est arrêté devant notre banc et s'est mis à me dévisager. On a fait comme s'il n'était pas là, alors ça l'a énervé. Il était agité d'un tic nerveux d'alcoolique, et chaque fois que son tic le parcourait, il grondait comme un chien. Il a tressailli, il a grogné : « Rah », et il est parti.

Phil et Janie ont continué à parler, et tout d'un coup le vieux poivrot est revenu me regarder sous le nez.

« T'es qui, toi ? » il a demandé.

J'ai fait mine de sucrer les fraises en lui glapissant : « Rah ! »

« Barre-toi », lui a dit Phillip, et le petit poivrot a pris peur, il est parti avec sa tremblote, en aboyant aux bancs et aux arbres.

On est restés un moment, et puis on a décidé de rentrer. Phil a dit qu'il allait commencer ses bagages tout de suite. Il vivait à deux pas de chez Janie, dans un hôtel familial, où il occupait un deux-pièces avec salle de bains privée.

En tournant le coin, on a rencontré James Cathcart, qui étudiait à la N.Y.U. School of Business, et il a emboîté le pas à Phillip pour l'aider à faire ses bagages. Phillip lui a dit : « Motus. » C'était pourtant un ami proche, mais il prenait toutes les précautions possibles pour que Ramsay n'ait pas vent de son départ.

Janie et moi, on est montés prendre une douche ensemble, et puis on est passés au salon pour parler. Moi j'avais pris le rocking-chair en face d'elle, et elle était assise sur le canapé, une serviette enroulée autour du corps, façon fille des îles. J'arrêtais pas de la regarder, cette serviette, et ça commençait à m'agacer ; alors je me suis levé, et je la lui ai retirée, avant de me rasseoir sur le rocking-chair.

« Qu'est-ce que tu vas faire, en mer ? » elle m'a demandé. « T'inquiète pas pour l'avenir », j'ai répondu.

3

WILL DENNISON

Dimanche je me suis levé vers deux heures de l'après-midi, j'ai balayé les verres cassés, je suis descendu déjeuner au coin de la rue, et j'ai acheté le *Turfiste*. Je suis rentré dans ma chambre, et j'ai lu les journaux que j'y avais laissés. Après, j'ai parcouru le *Turfiste*, sans trouver les chevaux qui me plaisaient.

Vers quatre heures, Danny Borman est passé. C'est un gars qui travaille sur les ouvrages de défense ; il ressemble à George Raft, en plus grand.

Ça n'avait pas l'air d'aller très fort pour lui, impossible de trouver un chantier pourvoyeur d'heures sup, et il ne voulait pas se laisser bloquer par quoi que ce soit d'autre en attendant. Il a fini par me dire : « Will, j'aimerais bien que tu me rendes un service.

— Ouais, quoi donc ?

— Je voudrais t'emprunter ton nerf de bœuf. »

J'avais cru qu'il allait me taper du fric, alors j'ai dit : « Mais bien sûr Danny, je t'en prie. »

J'ai fouillé dans mon classeur à dossiers, et j'ai trouvé la matraque sous une pile de chemises. Je me disais que ce gars-là était tout le contraire de Phillip et Al, qui vont jamais lever le petit doigt pour gagner un rond tant qu'ils peuvent taxer quelqu'un. J'ai soigneusement essuyé l'engin avec un mouchoir de soie, et je le lui ai tendu.

« Fais gaffe à toi », j'ai dit.

« Tu me connais, je suis un prudent », il a répondu.

Il m'a dit qu'il montait dans le nord de New York, et je lui ai dit que j'allais sortir avec lui, puisque je me proposais de débarquer chez Al.

À la porte, il m'a dit : « Après toi. »

Moi j'ai répondu : « Je t'en prie, je suis ici chez moi », grand style je trouve, et il est donc passé devant moi. Il était très à cheval sur le protocole, il avait lu Emily Post en long, en large et en travers.

On a pris le bus en direction de la 42e Rue, et c'est là qu'il est descendu. Moi j'ai continué jusqu'à la 50e, et je suis allé à pied chez Al, sur la 52e entre la Cinquième et la Sixième Avenue, juste au-dessus d'une boîte de nuit.

Al occupait la meilleure piaule de l'immeuble, au premier sur cour. Au-dessus de la cheminée, il y avait une photo, prise sous l'eau, qui représentait un jeune gars en caleçon de bain, un doigt sur la joue, pensif et potelé, le tout dans des tons mauves, bleus et rose layette. Il y avait une chaise longue dans la pièce, et c'était le seul siège confortable des lieux.

Il était occupé par deux personnes, et quatre autres étaient assises sur le lit, alors je me suis approché de la grande fenêtre qui donnait sur la cour, et je me suis mis à parler avec Hugh Maddox.

Il y avait Agnes O'Rourke et Della. Della était assise sur le bras de la chaise longue qu'Agnes occupait. À vingt ans, Della est une lesbienne chevronnée, avec deux-trois liaisons incendiaires à son passif, plus quatre tentatives de suicide.

Sur le lit avaient pris place Jane Bole et Tom Sullivan. Ces deux-là vivent ensemble du côté des Quarantième Est, et tous les après-midi ils font leur tournée des potes. Al aurait payé cher pour qu'ils l'oublient dans leur itinéraire.

Il était assis sur le lit, lui aussi, en compagnie de Bunny, une Bostonienne de bonne famille, qui se dit cleptomane. Très amoureuse d'Al.

Chris Rivers, qui ne prend jamais un bain, ne se lave pas les dents et ignore le ménage, était assis sur une chaise ; il regardait l'assistance, une personne après l'autre, son sourire nigaud découvrant ses ratiches verdâtres.

J'ai demandé à Hugh quoi de neuf, et il m'a dit qu'il était recherché par le F.B.I.

« Ah bon ? Pourquoi ?

— Ça doit être par rapport à la conscription ; je vois pas ce que ce serait d'autre. Ils ont demandé après moi au Pier 32. Personne connaît mon adresse, là-bas.

— C'est quoi, ton statut militaire ?

— Je sais pas au juste. Je m'étais fait domicilier chez quelqu'un, tu vois, et la fille a déménagé, alors quand ils ont rappliqué à ma nouvelle adresse, le concierge a cru que c'était les impôts, et il leur a dit qu'il avait jamais entendu ce nom-là. Et puis, moi, j'ai quitté la piaule sans laisser d'adresse pour faire suivre le courrier, vu que je devais un mois de loyer.

— Mais au départ, t'avais été classé quoi ?

— J'étais A 3, mais comme on a divorcé depuis, ma femme et moi... c'était il y a deux ans. »

Hugh est docker ; dans les trente ans, irlandais. Il occupe une petite chambre sous les toits près de chez Rivers. Il vient d'une famille riche, mais il a coupé les ponts.

« Alors qu'est-ce que tu vas faire ?

— Je vais aller les trouver. Ça sert à rien d'essayer de les dribbler. Je risque dans les trois ans.

— T'as qu'à leur expliquer que c'est une erreur.

— Pas si simple. Je sais pas ce qui va se passer, bon dieu !

— Ce qu'il te faudrait, c'est un avocat.

— Ouais, et je le paie comment ? »

La conversation était en train de prendre un tour qui ne me plaisait pas trop.

Quelqu'un s'est levé, en disant qu'il fallait qu'il y aille. Al a sauté sur ses pieds en disant : « Quand il faut y aller... », et tout le monde a ri. Jane Bole a tiré Tom Sullivan pour qu'il se lève en lui disant : « Allez, viens, chéri. »

Ils sont tous partis, sauf Hugh, Bunny dépitée qu'Al n'ait pas essayé de la retenir.

En sortant, Chris Rivers s'est approché de moi discrètement pour me taper quarante cents. Il n'a jamais pu se résoudre à taper plus de cinquante cents à qui que ce soit.

Hugh est resté encore une dizaine de minutes, il faisait grise mine et ressassait son problème.

« Bah, ça va bien finir par s'arranger », a dit Al.

Hugh a répondu qu'il savait foutre pas comment ça allait tourner. « Surtout n'allez rien dire à Mrs Frascati, je lui dois un mois de loyer. » Là-dessus il est parti rejoindre sa petite amie, ils avaient rendez-vous.

« Enfin tranquilles, merci mon dieu, a dit Al. Tu te rends compte que ces gens m'ont tiré du lit à midi, et qu'ils sont restés jusqu'à maintenant. »

J'ai pris la chaise longue et Al s'est mis sur le lit.

« Maintenant, il faut que je te raconte le truc extraordinaire qui s'est passé hier soir.

— Oui », j'ai dit en me frottant les mains.

« Eh bien quand on est montés sur le toit, Phillip s'est précipité jusqu'au rebord comme pour sauter, alors moi, ça m'a fait peur, je me suis mis à l'engueuler, mais il s'est arrêté net, et il a jeté son verre dans la rue. Je l'ai rejoint au bord du toit, et je lui ai dit : "Qu'est-ce que tu as ?" en lui passant mon bras autour des épaules.

Le voilà qui se retourne, qui m'embrasse passionnément, sur la bouche, et qui me fait rouler sur le toit avec lui.

— Il faut croire que t'as pas attendu quatre ans pour rien. Et alors raconte, qu'est-ce qu'il s'est passé, après ?

— Il m'a embrassé plusieurs fois, et puis tout d'un coup il m'a repoussé et il s'est levé.

— Ah ouais ? Et puis ?

— Et puis il me dit : "Si on sautait du toit ensemble, à présent", moi je réponds : "À quoi ça rime ?", et il me fait : "Tu comprends pas, après ça, il y a plus qu'à... c'est ça ou on se barre." »

Moi j'ai demandé à Al : « Qu'est-ce qu'il voulait dire par là, se barrer où ?

— Je sais pas, n'importe, sans doute.

— Écoute, Al, tu aurais dû répondre : "Ça va, ma biche, on prend l'avion pour Newark ce soir." »

Al était archi-sérieux, mais tout ça me paraissait passablement ridicule. Il dit ça depuis que je le connais.

« Déjà, je n'avais pas l'argent. »

J'ai sauté sur l'occasion : « Ah, t'avais pas l'argent. Parce que tu crois que tu vas en gagner à rester sur ton cul ? Va bosser sur les chantiers navals. Braque un grand magasin. Ça fait quatre ans que tu l'attends cette ouverture, et voilà que...

— Mais je ne suis pas sûr de vouloir.

— Pas sûr de vouloir quoi ?

— Partir avec lui tout de suite. J'ai peur qu'il se produise une réaction, et que je n'arrive à rien. »

Je me suis approché de la cheminée, et j'ai cogné du poing dessus.

« Alors tu préfères attendre. Demain, demain, toujours demain, jusqu'à ce que mort s'ensuive. Tu veux que je te dise ? Cette fixette sur Phillip c'est comme le paradis des chrétiens, une illusion née du besoin, qui flotte dans un nulle part nébuleux platonique, c'est comme la prospérité, toujours pour demain, jamais *ici* et *maintenant*. Tu as peur de partir avec lui, tu as peur de prendre le risque, parce que tu sais que ça marchera pas. »

Al a accusé le coup, il a fermé les yeux, et dit : « Non, non, c'est pas vrai ! »

Je me suis rassis et j'ai dit : « Mais sérieux, Al, si tu partais avec lui, tu arriverais peut-être à te le faire, au moins. Depuis quatre ans que tu en rêves.

— Non, tu comprends rien. C'est pas ce que je veux vraiment. »

De nouveau, je me suis levé d'un bond pour lui lancer avec ironie : « Ah, parce qu'on est dans l'amour platonique, bien sûr, trop raffiné pour le contact physique.

— Non, j'ai envie de coucher avec lui, mais je recherche son affection avant tout. Et je veux que ce soit du solide, une histoire qui dure.

— Seigneur Dieu, accordez-moi la patience, j'en ai bien besoin. » Je me suis arraché les cheveux, une petite mèche a lâché ; je me suis promis d'acheter de la brillantine Buno, dans la 28e Rue ; ils y mettent de la mouche espagnole, c'est souverain contre la chute des cheveux.

« Écoute-moi bien, à présent, je vais te le redire, et te le redire lentement, en détachant bien les syllabes : Phillip est PAS pédé. Il couchera peut-être avec toi, encore que j'en doute fort, mais une relation qui dure, c'est impossible, sauf une relation d'amitié. »

Je me suis approché de la fenêtre, mains derrière le dos comme un capitaine de vaisseau de guerre sur la passerelle de son bâtiment.

Al a dit : « Je veux qu'il m'aime. »

Je me suis retourné et j'ai sorti un cure-dent de ma poche de chemise, pour m'explorer une carie. « T'es dingue », j'ai répondu.

« Je suis sûr qu'il se ralliera à mon point de vue, à terme. »

Je lui ai pointé mon cure-dent sur la poitrine : « Débrouille-toi de la tune, il se rallie ce soir.

— Non, je veux pas que ça se passe comme ça.

— Tu demandes l'impossible.

— Je vois pas en quoi.

— Parce que non, bien sûr, l'argent l'intéresse pas, tu t'en serais aperçu, sinon, hein ?

— Eh bien si, l'argent l'intéresse, mais il a tort, et je veux pas le savoir.

— Mais c'est la réalité, mec, il est temps de la voir en face. » J'avais pris un ton de *père de famille*[1]. « Pourquoi tu essayes pas de faire quelque chose de ta vie, un truc dont il puisse être fier, qu'il puisse admirer. Regarde-toi, tu as l'air d'un clodo ! »

Il portait un costume anglais en tweed, on aurait dit qu'il dormait avec depuis des années, une chemise camelote achetée sur la Sixième, et une cravate Sulka effrangée. Il n'aurait pas déparé la faune de la Bowery.

J'ai poursuivi : « Or moi, je sais de sources sûres qu'il y a une terrible pénurie de marijuana dans le pays, à cause de la guerre. Elle se vend cinquante cents le joint, contre dix cents avant guerre. Pourquoi on tirerait pas parti de la situation ? Il suffirait d'acheter des graines et de démarrer une plantation.

— Bah, pour le coup, ça me paraît jouable.

— Les graines, on les achète dans une oisellerie, on va les planter à la campagne, et dans deux mois, on revient faire la récolte. Après, quand on aura ramassé le paquet, on pourra se payer une vraie plantation. »

On a discuté de l'idée un moment. Al a dit qu'il irait acheter les graines le lendemain.

On est allés manger au Hamburger Mary's, et il a fallu qu'il remette le problème Phillip sur le tapis. Et qu'est-ce qu'il avait voulu dire la veille, est-ce qu'il fallait qu'il lui passe un coup de fil, ou plutôt qu'il débarque chez lui sans prévenir, d'un autre côté si Phillip était vraiment amou-

* En français dans le texte. *(N.d.T.)*

reux de Barbara, avait-il le droit de les pousser à la rupture. Moi, je ponctuais ma mastication de oui, pourquoi pas, non, vas-y, et j'ai cessé de l'écouter. Comme je l'ai dit, depuis toutes ces années, je connais la chanson.

Après dîner, je lui ai dit bonsoir, et je suis allé au bistrot où je travaillais comme barman.

Ça s'appelait le Continental Café. En été on ouvre tout pour faire terrasse, et les clients peuvent s'installer regarder les passants. Il y a des serveuses-hôtesses qui disent pas non si tu veux leur payer un verre. En salle, décor classique, chromes, cuir rouge, lumières incandescentes.

En longeant le comptoir, j'ai aperçu une pédale, deux putes avec leurs michetons de Broadway et quelques militaires du contingent par-ci par-là, comme d'habitude. Il y avait trois flics en civil qui buvaient du scotch, au bout du comptoir.

J'ai retiré ma veste et transvasé le contenu de mes poches dans celles de mon fute, j'ai trouvé un tablier avec des brides assez longues pour faire le tour du corps et les nouer devant, et puis je suis passé derrière le comptoir, en disant bonjour à Jimmy, l'autre barman, qui était déjà là.

Les trois gus m'ont dit : « Salut, p'tit gars » en me voyant. Il fallait que Jimmy les serve au doigt et à l'œil, ils arrêtaient pas de lui demander du scotch, des cigares, un zeste de citron, une giclée de soda et des glaçons.

Je suis allé à l'autre bout du comptoir, servir

deux marins. Le jukebox passait *You always hurt the one you love*, et l'un des deux m'a lancé : « Dis donc, Jack, comment ça se fait qu'il joue jamais ce qui me plaît, ton bastringue ?

— Je sais pas », j'ai dit. « Tout le monde s'en plaint. »

J'entendais à l'autre bout du comptoir les flics raconter toutes sortes de conneries à Jimmy, comme quoi il était un type formidable, et que le patron était un type formidable, respect pour lui. Ces trois gus passent leur vie ici, à se rincer à l'œil, parce que le patron se figure qu'ils pourraient lui être utiles en cas de coup de trafalgar.

L'un des deux marins m'a demandé où trouver des filles, à New York, j'ai dit qu'il fallait aller à Brooklyn, qu'il y en avait des centaines à tous les coins de rue. Je me suis mis en devoir de leur expliquer comment y aller, mais ils étaient tellement crétins qu'ils ont rien compris, ce qui ne les a pas empêchés de se mettre en route. J'ai débarrassé leurs verres, que j'ai rincés à l'eau sale – comme neufs.

C'est alors qu'est entré un type d'une cinquantaine d'années, avec un pantalon sport, une veste gris clair et un chapeau. Il avait l'air d'un certain niveau intellectuel, et plein aux as. Avec ses yeux injectés de sang, il avait dû boire pas mal, mais enfin, il se tenait. Il s'est mis à l'autre bout du comptoir, à côté des flics, et il a commandé un scotch.

Pendant que j'essuyais le comptoir, j'entends

une dispute, de ce côté-là. Le gars en gris s'engueule avec une des serveuses, ou plutôt il la fait marcher, mais elle le prend mal.

Alors un des flics s'approche de lui en le traitant de connard et en lui disant de se casser.

« Vous êtes qui, vous ? » lui demande le type.

L'un des flics le pousse, un deuxième prend le relais, du travail d'équipe, jusqu'à ce qu'ils l'aient acculé derrière la cabine téléphonique. Quand il a le dos au mur, ils se mettent à le bourrer de coups, méthodiquement. Ils ont bien dû le cogner une trentaine de fois sans même que le gars ait levé les mains. Il s'effondre, ils le prennent sous les bras et le posent sur une chaise.

Au bout de quelques secondes, il revient à lui, et il lève les mains comme un qui repousse les couvertures. Alors l'un des flics sent le danger, et le frappe de nouveau, en le faisant tomber de sa chaise. Les deux autres le remettent sur ses pieds, en époussetant sa veste, et ils vont lui chercher son chapeau.

L'un des deux lui dit : « Oh bon dieu, qui c'est qui t'a cogné, gars ? »

L'homme a les yeux vitreux ; il me paraît légèrement commotionné. Il regarde sans le voir le flic qui l'a relevé et il lui dit : « Merci.

— Pas de quoi, mon gars. »

Le flic qui a retrouvé le chapeau le lui met sur la tête ; il le prend par le col de sa veste et par sa ceinture, et il le jette dans la rue, si bien que le gars traverse le trottoir pour se cogner à une voiture en stationnement. Il rebondit sous le choc, jette un regard circulaire autour de lui, l'œil atone, et puis il part vers la Sixième Avenue, d'un pas chancelant.

Le flic est rentré dans le bar en rigolant comme un môme. Les deux autres étaient au bout du comptoir.

« Tu nous remets un scotch, Jimmy », a dit celui qui venait d'éjecter le gars. Tout le monde était plié de rire.

Jimmy les a servis en traînant les pieds. À la tête qu'il faisait, je devinais qu'il aurait préféré leur mettre un pain dans la figure, à ces salopards.

Un quart d'heure plus tard, voilà le gars en gris qui revient avec un flic. Les trois gus sont toujours assis au bar, mais il est incapable de les identifier. Il soutient simplement à son flic qu'il s'est fait cogner dans ce bar.

Je vois un des flics en civil échanger un signe d'intelligence avec celui qui vient d'arriver. « Et qu'est-ce que vous voulez que j'y fasse, m'sieur, vous dites vous-même que le type est pas là. Vous êtes sûr que c'était bien ici ?

— Oui, j'en suis tout à fait sûr, et si vous refusez d'intervenir, je vais aller trouver quelqu'un qui acceptera. »

Il gardait son calme et sa dignité malgré la raclée qu'il venait de prendre. Il fumait une cigarette, sans toucher sa mâchoire enflée ni ses lèvres, et sans attirer l'attention sur ses blessures.

« Qu'est-ce que vous voulez que j'y fasse ? a repris le flic. Vous avez trop bu, m'sieur, feriez mieux de rentrer chez vous, et d'oublier tout ça. »

Le type a tourné les talons, et il est sorti.

Le propriétaire était descendu de chez lui, les flics lui racontaient ce qui venait de se passer. « Vaut mieux pas traîner ici, les gars, leur a-t-il dit. On risque bien d'avoir des ennuis, avec ce connard. »

Alors ils sont partis tous les trois, un peu inquiets.

Le gars n'a pas mis longtemps à revenir, accompagné de cinq flics en civil. Ils ont noté l'immatriculation du bar, parlé avec le propriétaire, et puis ils sont partis. Après ça, les affaires ont été bien calmes.

Juste avant la fermeture, voilà une bande de matelots qui passent, et j'en entends un qui dit : « Venez, on entre dans ce rade et on cherche la bagarre. »

Le patron n'a fait qu'un bond, en disant : « Pas question ! », et il leur a fermé la porte au nez.

Jimmy et moi, on a nettoyé le bar, et en partant on a vu les matelots qui se castagnaient entre eux, sur le trottoir. « Regarde-moi ça », il a dit, et on s'est dirigés vers la Septième Avenue.

Il s'est mis à commenter la raclée que les flics avaient mise au type. « J'ai pas mal roulé ma bosse, et j'en ai vu de toutes les couleurs, mais je suis pas blindé au point de prendre mon pied à voir un truc pareil. Ça les fait rire, les clients, ces abrutis, ils trouvent ça drôle, jusqu'au jour où ça va leur arriver à eux.

« Si j'étais patron de ce bar, voilà ce que je dirais aux flics, moi, je leur dirais : "Les gars, vous faites erreur, il manque pas de ruelles dans le coin, si vous voulez taper quelqu'un faites pas ça chez moi." Et par-dessus le marché, ils se sont tirés sans même me laisser la pièce. S'ils avaient un minimum de décence, ils m'auraient dit : "Tiens, Jimmy, v'là un dollar pour toi." »

4

MIKE RYKO

Lundi après-midi, j'ai passé mon temps à traîner dans l'appartement. J'attendais plus ou moins le retour de Phillip, qui était parti en ville pour les formalités. J'ai pris des douches, dévalisé la glacière, je suis allé m'asseoir sur l'escalier extérieur, le chat sur mes genoux, ou bien dans la chaise longue, en me disant que si Phillip avait bouclé toutes les démarches, on pourrait partir le lendemain à la première heure, se faire inscrire au National Maritime Union Hall.

Barbara Bennington passait l'après-midi avec Janie. Entre ses cours à la New School for Social Research, elle venait à l'appartement et parfois, si elle avait cours tôt le lendemain matin, elle restait dormir au lieu de rentrer chez elle à Manhasset, Long Island.

L'appartement était donc de fait le lieu où elle retrouvait Phillip, et c'était d'ailleurs le Q.G. de tous les copains. Janie faisait ce qu'elle pouvait pour mettre de l'ordre, mais vu qu'il y avait foule à toute heure du jour et de la nuit, c'était toujours le capharnaüm. Le plancher disparaissait sous les bouquins, les vieilles chaussures, les vêtements, les oreillers, les bouteilles vides et les verres, et le chat ondulait comme un fauve dans cette jungle.

Barbara était du genre fille à papa longs cheveux noirs, très pâle, l'œil noir et farouche. Elle avait quelque chose de Hedy Lamarr et elle le savait, si bien que quand on lui parlait, elle vous la jouait parfois modeste violette au regard perdu.

Barbara et Janie n'avaient guère de points communs, sinon que Phillip et moi, qui étions potes, étions aussi plus ou moins leurs mecs.

Janie, tout en étant elle-même de bonne famille, évoquait bien plus que Barbara l'Ouest et ses grands espaces. C'était une grande blonde svelte, qui n'avait rien à envier à un homme : démarche de cow-boy, vocabulaire choisi, gosier en pente. On voyait bien que les bouffées de timidité bon genre de Barbara lui tapaient sur les nerfs.

Elles étaient dans le séjour, à parler chiffons, je présume, et moi dans la cuisine, à rincer un verre où j'avais trouvé un cafard mort au moment de me servir du lait, quand Phillip est rentré. Je suis sorti de la cuisine un sandwich au foie et mon verre à la main, et je lui ai demandé comment ça s'était passé.

« Tout est réglé », il a dit. Il charriait un sac de matelot bleu, plein de vêtements et de livres. Il l'a posé pour me montrer ses papiers tout neufs : un passe de garde-côte, un bulletin de la War Shipping Administration, et un livret de N.M.U. Je lui ai demandé où il s'était procuré l'argent pour l'acquérir, et il m'a dit que son oncle le lui avait donné, avec sa bénédiction.

« Parfait », j'ai dit, « demain, à la première heure, on va au Union Hall, et on s'inscrit sur les rôles d'embarquement ».

Il s'est assis sur le canapé à côté de Barbara, et il lui a montré ses papiers.

« Je n'aurais jamais cru que tu allais le faire pour de bon », elle a dit.

« Pauvre petite Babsy, elle aura plus personne pour lui arroser le ventre de Pernod. » Il s'est mis à l'embrasser.

« Que tu crois, a dit Janie. Qu'est-ce que vous vous figurez, les gars ? Que vous pouvez nous larguer comme ça, et qu'on va vous attendre bien gentiment ? N'allez pas nous prendre pour des gourdes, quand même.

— Il faut bien être fidèle à son homme en mer, a dit Phillip.

— Ah ouais ? » a dit Janie en me lançant un coup d'œil éloquent.

J'ai mis la radio et je me suis couché par terre, la tête sur un oreiller.

« Je vais quitter Washington Hall, a dit Phillip. Je peux habiter chez toi d'ici que le bateau appareille ?

— Je m'en fiche royalement », a dit Janie.

Phil s'est levé, et il a fourré son sac derrière le canapé.

C'est alors que James Cathcart est arrivé, en laissant tomber ses bouquins sur une chaise. À seize ans, ce grand costaud qui est en première année de fac parle comme chez Noël Coward, une vraie version hollywoodienne du critique de théâtre languide.

Il a lancé : « Bonjour les jeunes », et il s'est tourné vers Phillip pour lui demander s'il avait vraiment l'intention de prendre la mer.

« Il va falloir que tu m'aides à rapporter mes affaires chez mon oncle, a dit Phillip.

— Alors ça veut dire que tu pars !

— Surtout, je vous rappelle, pas un mot à Ramsay Allen. »

On a considéré un instant la possibilité qu'il vienne à l'apprendre, en se demandant ce qu'il ferait, etc., et puis la conversation a pris un tour plus général.

Au bout du compte, Phillip et Barbara se sont mis à parler de son sujet favori : la société idéale.

« Tous des artistes, disait-il, la société idéale est une société où l'art prévaut. Tout citoyen-artiste doit accomplir son propre cycle spirituel au cours de sa vie.

— Qu'est-ce que tu entends par cycle spirituel ? » a demandé Barbara.

La radio passait un de ces soap operas de l'après-midi, et un brave vieux médecin de campagne qui venait de tirer un jeune couple de la crise lui dispensait ses conseils sur la vie, avec fond de musique d'orgue. « Ce qu'il faut que vous appreniez, c'est que dans la vie, on fait parfois des choses qui ne plaisent pas, mais on n'a pas le choix. »

Phillip expliquait sa théorie : « Je parle de la révolution de la vie spirituelle. Chacun accomplit le cycle de l'expérience, au sens artistique du terme, et par le biais de l'art, et c'est ce qu'il offre en retour à la société, en terme de création individuelle. »

« Vous savez, disait le médecin de campagne, j'exerce ici à Elmville depuis près de quarante-cinq ans, et durant tout ce temps j'ai appris quelque chose sur l'être humain. »

« Et comment on y arrive, à ta société ? s'est enquis Cathcart.

— Je sais pas. Nous on vit dans la société pré-parfaite. Ne me demande pas le détail. »

« Les êtres humains », disait le médecin de campagne en s'interrompant pour tirer sur sa pipe, « sont foncièrement bons. Non, attendez », précisait-il au jeune héros de l'histoire, personnage plein d'amertume, « je sais ce que vous allez m'objecter, mais voyez-vous, mon enfant, je suis un vieil homme. J'ai vécu bien plus longtemps que vous, et ça ne vous ferait pas de mal de m'écouter. Je ne suis peut-être qu'un vieil original mais... »

« Dans la société pré-idéale, il y a des artistes, qui préfigurent le citoyen artiste de demain. À mesure que les artistes se multiplient, on se rapproche de la société artistique idéale.

— Alors, il faut croire que la Charte de l'Atlantique est le premier pas vers la société idéale, a dit Barbara, parce que Roosevelt et Churchill, on peut pas dire que ce soient des artistes. »

« Parfois, disait le médecin de campagne, parfois la route est dure, la vie est amère, on se décourage, on n'arrive plus à rien... et puis tout d'un coup... »

« Roosevelt et Churchill, pour moi, ils représentent le type d'hommes qui vont mettre au point tous les funestes détails du progrès. »

« Tout d'un coup, disait le médecin de campagne, on aperçoit une clairière dans la forêt, les problèmes se résolvent, les cahots de la vie font place à des parterres de fleurs, et on comprend que... »

« Seul l'artiste découvrira la Vision Nouvelle », a dit Phillip en ajoutant : « Mais éteins-moi ces conneries, putain ! »

Je me suis levé d'un bond et j'ai éteint la radio, ce qui a clos le débat. Cathcart est passé à la salle de bains, et Phillip et Barbara ont engagé un flirt poussé sur le canapé.

« Ah, jeunesse enflammée », j'ai dit en me retirant dans la petite bibliothèque. Janie m'a suivi et s'est assise sur le bras de mon fauteuil.

« Mickey, pars pas », elle m'a dit.

« Pas de panique, on sera de retour dans deux mois, les poches pleines.

— Mickey, pars pas.

— Mais qu'est-ce que tu me chantes ? »

Elle était au bord des larmes ; je lui ai pris la main, en lui mordillant la jointure.

« Quand je rentrerai, on ira en Floride.

— Je t'aime.
— Moi aussi.
— Pourquoi on se marie pas ?
— On va le faire, un de ces jours.
— Espèce de salaud, tu sais très bien que tu te décideras jamais.
— Bien sûr que si. Tu te rappelles, ce que je t'ai écrit, de La Nouvelle-Orléans ?
— C'est parce que tu étais en manque de sexe, tu n'en pensais pas un mot.
— T'es folle. »

Je l'avais rencontrée l'année précédente, à l'époque où je me prenais pour le docteur Faust, et depuis on vivait ensemble à New York, quand je n'étais pas en mer. Si on ne s'était pas mariés, c'était pour des questions d'argent, or justement je passais mon temps à pester contre la détestable nécessité de travailler, si bien qu'on en était au point mort.

Quand on est retournés dans le séjour, Phil et Barbara flirtaient toujours ; il était couché sur elle, dont on apercevait la cuisse nue. Je me demandais ce qui les empêchait de copuler pour de bon. Il leur arrivait de passer la nuit comme ça, sur le canapé, sans jamais aller jusqu'au bout, quitte à se retrouver en slip. Cette espèce de virginité purement clinique, ça me saoulait.

Phillip s'est levé en disant : « Venez, on va transbahuter mes affaires chez mon oncle. »

Moi, je n'étais pas très chaud, mais il m'a promis qu'on irait boire un coup après. Son oncle allait lui accorder une rallonge de fric. On s'est donc tous préparés, sauf Janie, qui s'est retirée dans la chambre pour bouder.

Je suis allé lui déposer un baiser sur les cheveux. « Viens avec nous », je lui ai dit, mais elle ne m'a pas répondu, et le chat lui-même m'a jeté un regard mauvais.

Alors Cathcart, Phillip, Barbara et moi, on est allés au Washington Hall, l'hôtel de Phillip, qui se trouvait juste au coin de la rue. On a rassemblé tout son bazar, et on l'a descendu dans l'ascenseur, en plusieurs voyages.

Sur le mur de sa chambre, il y avait une photo du père de Phillip, avec la légende « WANTED », et, juste à côté, un fouet de masochiste était accroché, qu'il a rangé dans une boîte avec de tendres précautions, par-dessus l'affiche de son père. Il y avait aussi des reproductions de tableaux, des livres, des disques, des chevalets, un genre de sabre, des photos pornographiques et des cartons entiers de bric-à-brac amassé au fil du temps.

On a fini par charrier tout ça sur le trottoir, et Cathcart est allé héler un taxi au carrefour : c'est le type qui adore héler les taxis.

Comme on roulait vers le nord, Barbara m'a entrepris sur la politique, si bien qu'on a abordé la question noire. Phillip parlait à Cathcart et ne nous écoutait que d'une oreille.

« Moi je les aime bien les Noirs », j'ai dit, « mais je suis peut-être pas objectif, j'en connais tellement.

— Quand même, a dit Barbara, qu'est-ce que tu dirais si ta sœur épousait un Noir?

— Quoi? » a braillé Phillip, et il s'est tourné vers elle en la regardant comme s'il la voyait pour la première fois et la trouvait antipathique.

Le taxi passait devant Carnegie Hall, sur la 57e Rue, et Phillip, au lieu de s'expliquer avec Barbara, sort la tête par la vitre et crie au chauffeur d'un fourgon mortuaire : « Il est mort? »

Le chauffeur est sapé pour la circonstance, avec pardessus noir et tout et tout, mais son expression le trahit.

« Macchabée de chez Machab' », il gueule en retour, en propulsant son corbillard entre deux bagnoles, après quoi il rase le trottoir pour obliquer vers la Septième Avenue; il a une tête et une conduite de pirate du volant.

On a tous rigolé, et puis on s'est retrouvés au sud de Central Park, où habitait l'oncle de Phillip.

On a traîné tout le bazar dans le hall de son immeuble rupin, et Phillip a fait payer la course au portier. J'ai dit à Phillip que j'allais les attendre en bas, et ils sont tous montés. Je n'étais pas montrable : pas rasé depuis deux jours, avec mon chino et mon sweat-shirt bleu taché de whisky.

J'ai attendu sur le trottoir. Une longue diagonale orangée zébrait la rue, et Central Park embaumait, dans la fraîcheur de l'ombre verte. Je commençais à me sentir bien, parce que le crépuscule arrivait et parce qu'on prendrait la mer dans quelques jours.

Cinq minutes plus tard, ils redescendaient, et on s'est précipités vers le bar à cocktails le plus proche. Barbara et Cathcart étaient côte à côte, ils ont pris des bières, et Phillip et moi on était à côté, et on a pris des martinis.

Nos verres vidés, on en a commandé deux autres. Dans ce bar chic de la Septième Avenue, on voyait bien que notre tenue, à Phillip et à moi, n'emballait pas le barman.

Phillip s'est mis à me parler du livre de Gerald Heard *The Third Morality*, de la mutation biologique, et puis enfin des dinosaures, dont l'avant-garde avait réussi sa mutation en mammifères, tandis que l'establishment avait été rayé du globe.

Il a pris un troisième martini. Il me regardait intensément et il m'avait pris le bras : « Réfléchis, tu es un poisson dans un étang. L'étang est en train de s'assécher. Il faut que tu évolues vers l'amphibien, mais il y a quelque chose qui te retient, qui te dit de rester dans l'étang, que tout va finir par s'arranger. »

Je lui ai demandé pourquoi il ne faisait pas plutôt du yoga, dans ces conditions, mais il m'a dit que la mer était plus indiquée.

Le barman avait mis la radio. C'était le journal, il était question d'un incendie au cirque : « Et les hippopotames ont bouilli vifs dans leurs piscines », a précisé le présentateur, avec l'onction réjouie qui les caractérise.

Phillip s'est tourné vers Barbara : « Qu'est-ce que tu dirais d'un petit hippo vapeur, Babsy ?

— Ça ne me fait pas rire », elle a répondu. « Allons quand même manger. »

On a quitté le bar, et on est allés à l'Automat, sur la 57ᵉ ; on a tous pris une cassolette de haricots blancs avec une tranche de bacon dessus. Pendant le dîner, Phillip s'est complètement désintéressé de Barbara, et il a fallu que ce soit Cathcart qui lui fasse la conversation.

Ensuite, on a pris le métro, direction Washington Square. Phillip était appuyé à la portière, il regardait défiler la bobine de la nuit.

Cathcart et Barbara s'étaient assis, et je voyais bien que l'attitude de Phillip commençait à agacer Babs ; Cathcart lui-même avait l'air de trouver qu'il était goujat.

On est rentrés à l'appartement 32 prendre Janie. Elle avait oublié sa rancune contre moi, si bien qu'on est tous allés au Minetta's, où on a commandé une tournée de Pernod.

Phillip n'arrêtait pas d'envoyer des vannes à Barbara, au point que Cathcart a fini par lui demander : « Mais qu'est-ce que t'as, ce soir ? »

C'était la première fois que je le voyais la traiter de cette façon, et je me suis dit que maintenant qu'il s'était débarrassé de Ramsay, il n'avait peut-être plus besoin d'elle.

À trois heures du matin, on était tous bourrés au Pernod.

5

WILL DENNISON

Lundi matin, j'ai reçu une lettre de l'agence de détectives me disant de me présenter au bureau. Comme j'avais posé ma candidature un mois plus tôt, je l'avais presque oubliée. Il faut croire qu'ils n'avaient pas pris la peine de vérifier mes empreintes digitales, ni les références bidon que je leur avais jointes. Je suis donc allé les trouver, j'ai accepté le boulot, et ils m'ont remis une liasse de convocations à distribuer.

Sur le coup de six heures, j'ai fait une halte chez Al après avoir couru la ville pour remettre une convocation à un Juif particulièrement insaisissable du nom de Leo Levy. Les Juifs new-yorkais, il suffit qu'ils aient trois-quatre associés, et l'imbroglio de raisons sociales fait qu'on finit toujours par remettre les paperasses à celui qu'il ne faut pas.

Al était déprimé. Si j'ai bien compris, il avait appelé Phillip un peu plus tôt dans l'après-midi, et Phillip lui aurait dit : « Il vaut mieux que tu viennes plus me voir. » Al lui avait demandé de préciser, et Phillip avait répondu : « Ça vaudrait mieux pour moi.»

« Il t'a dit ça sérieusement ? » j'ai demandé.

« Oui, il l'a dit d'une voix carrément maussade.

— Eh bien, tu devrais peut-être laisser courir un moment. »

Je me suis installé sur la chaise longue.

À ce moment-là, on a frappé. « Qui est-ce ? » a demandé Al, et Agnes O'Rourke a passé la tête par la porte. Elle est entrée s'asseoir sur le lit à côté d'Al. « Je crois que le F.B.I. vient de coffrer Hugh.

— Ah ouais ? Il m'avait bien dit qu'ils étaient après lui. Il avait l'intention d'aller les trouver ce matin.

— J'ai appelé la maison de détention cet après-midi, mais ils n'ont pas voulu admettre qu'il était chez eux. Je suis pourtant sûre qu'il y est, parce qu'on avait convenu qu'il m'appellerait s'il pouvait.

— Tu leur as demandé s'ils avaient un Hugh Maddox chez eux ?

— Ils ont refusé d'admettre qu'ils avaient bouclé qui que ce soit de ce nom. »

J'ai dit : « Maintenant que j'y pense, j'ai jamais su s'il s'appelait Madix ou Madox, Madox avec deux d ou un seul. »

On a retourné la question un moment, tant et si bien qu'on a répété les mêmes choses trois ou quatre fois, et à la fin Agnes s'est levée pour partir.

Al a remis le problème Phillip sur le tapis. Il m'a dit que selon lui, ce nouveau retournement n'était que le contrecoup de ce qu'il s'était passé le samedi sur le toit. « Tu as raté une bonne occasion de conclure », j'ai dit.

Sur quoi il m'a servi son éternelle rengaine, il cherchait une relation permanente, etc. Je ne me suis même pas donné la peine de discuter. J'ai dit : « Allons dîner », et on est allés au Center Grille, sur la Sixième.

Il m'a fallu descendre deux vermouths-soda avant d'envisager de manger. Et alors j'ai commandé de la langouste froide. Al était tout triste, il a commandé une bière et de la langouste froide. Il a fini par dire : « Je crois que je vais y aller cette nuit, et grimper dans sa chambre.»

J'en ai recraché ma pince de langouste : « Ben, ça s'appelle prendre le taureau par les cornes. »

Mais il était sérieux, et il a ajouté : « Non, je vais simplement aller dans sa chambre, le regarder dormir un moment.

— Et si jamais il se réveille, il va croire qu'il a un vampire penché sur lui ?

— Oh non, m'a dit Al d'un ton résigné, il me dira seulement de partir, ce ne sera pas la première fois.

— Mais qu'est-ce que tu fais, alors, tu restes planté là, c'est tout ?

— Oui, je m'approche autant que je peux de lui sans le réveiller, et je reste debout à son chevet jusqu'à l'aube. »

Je lui ai dit qu'on finirait par le prendre pour un cambrioleur et l'arrêter, encore bien content si on lui tirait pas dessus.

Toujours sur le même ton résigné, il m'a dit : « Écoute, il faut que je risque le coup. Je suis allé repérer les lieux. Je peux prendre l'ascenseur jusqu'au dernier étage, passer par l'escalier de secours, et attendre trois ou quatre heures du matin, après quoi je grimperai dans sa chambre, elle est sous les toits.

— Va pas te tromper de chambre, au moins, et te pencher sur le sommeil d'un parfait inconnu...

— Bah, je sais bien où se trouve sa chambre. »

On a fini de manger et on est sortis. On a pris l'Independent vers Washington Square, mais on s'est séparés à l'entrée, parce qu'on n'allait pas dans le même sens.

J'ai pris Bleecker Street, où des tas de petits Italiens jouaient au base-ball avec un manche à balai en guise de batte. Je réfléchissais au plan d'Al pour aller voir Phillip. Ça me rappelait une rêverie qu'il m'avait racontée : il se voyait dans une caverne très profonde, avec Phillip ; les parois étaient tendues de velours noir, avec tout juste assez de lumière pour qu'il voie son visage. Ils y étaient captifs pour l'éternité.

Quand je suis arrivé chez moi, il était trop tôt pour me coucher. J'ai bricolé, traînassé dans la chambre un moment, fait des réussites, et décidé de prendre de la morphine pour la première fois depuis plusieurs semaines.

J'ai donc rassemblé sur le haut du classeur à dossiers un verre d'eau, un réchaud à alcool, une grande cuillère, une bouteille d'alcool à 90° et un tampon de coton. J'ai sorti du fond du tiroir une seringue hypodermique et des comprimés de morphine dans un flacon marqué « Benzédrine ». J'en ai coupé un en deux au couteau, j'ai mesuré l'eau nécessaire en remplissant la cuillère à la seringue, et déposé un comprimé et demi dedans.

J'ai fait chauffer la cuillère sur le réchaud à alcool jusqu'à dissolution complète. J'ai laissé la solution refroidir, et j'en ai rempli la seringue, j'ai ajusté l'aiguille, et je me suis cherché une veine qui aille assez haut sur mon bras. Dès que je l'ai trouvée, j'ai enfoncé l'aiguille, le sang a reflué, j'ai attendu qu'il se résorbe, et presque aussitôt je me suis senti envahi d'une détente complète.

J'ai tout remis en place, je me suis déshabillé et je me suis couché.

J'ai réfléchi aux relations entre Phillip et Al, et tous les détails appris au cours de ces deux ans se sont mis en place pour former une histoire cohérente sans effort conscient de ma part.

Cette relation remontait à plusieurs années, et comme c'était le sujet de conversation favori d'Al, je n'en ignorais aucun détail. Al, je le connaissais depuis deux ans, l'ayant rencontré au bistrot où j'étais barman à l'époque. Voici l'histoire, telle que je l'ai reconstituée au fil de nos mille et une conversations.

Le père de Phillip s'appelait Tourian ; il était né à Istanbul, d'ascendance douteuse. C'était un homme frêle, très beau de visage. Il avait quelque chose de dur, de mort, de vitreux dans le regard et dans tout le haut du visage, mais un sourire charmeur. Il vous fendait la foule avec une légère torsion du buste, provocatrice et gracieuse à la fois.

Après avoir grandi parmi les rustres, il s'était petit à petit établi comme brasseur d'affaires mafieuses : came, filles et marchandises volées sur une grande échelle. Dès que quelqu'un avait quelque chose à vendre, c'était lui qui trouvait acquéreur, moyennant quoi il palpait aux deux bouts de la transaction. Les risques, il les laissait aux autres. « Mon vieux, c'est pas un escroc, disait Phillip, c'est un financier.» Sa vie était un réseau de transactions complexes, où il évoluait avec une détermination sereine.

La mère de Phillip était une Bostonienne de bonne famille. À sa sortie de l'université Smith, elle avait parcouru l'Europe, où ses tendances lesbiennes ayant pris le pas sur ses inhibitions, elle avait eu une liaison avec une femme plus âgée qu'elle, à Paris. Cette histoire l'avait plongée dans l'angoisse et la conviction d'avoir péché. Néo-puritaine type, elle trouvait moyen de croire au péché sans plus croire en Dieu. Même, elle aurait jugé décadent et coupable de croire en Dieu, faiblesse qu'elle rejetait comme elle l'aurait fait d'une proposition malhonnête.

Au bout de quelques mois, elle et son amie avaient rompu. Elle avait quitté Paris, bien résolue à ne jamais retomber dans ces pratiques. Elle s'était installée à Vienne, puis à Budapest, pour atterrir à Istanbul, où le père de Phillip l'avait levée dans un café, en se présentant comme un prince persan. Il avait vu d'emblée l'intérêt de s'allier à une femme de bonne famille, d'une respectabilité irréprochable. Elle avait vu en lui une manière d'échapper à ses tendances coupables, et, pendant un temps, elle avait respiré à travers lui l'air pur des réalités factuelles, qui dissipe névroses, angoisses et inhibitions. Toute la finesse intuitive qu'elle mettait à se torturer et à s'autodétruire, lui, il l'exerçait au service de son arrivisme personnel. Elle avait tenté de faire sienne cette vision de l'harmonie qu'il incarnait.

Sauf que M. Tourian se suffisait à lui-même, dans sa sérénité. Il n'avait pas besoin d'elle, si bien qu'elle s'était détournée de lui pour faire peser le fardeau de son amour malade sur Phillip. Elle l'avait traîné dans toute l'Europe, au fil de ses voyages obsessionnels, lui répétant sans cesse de ne pas ressembler à son père, cet égoïste indifférent à ses états d'âme.

M. Tourian n'en avait cure. Il s'était fait construire une grande maison et il avait monté une entreprise licite, qui prospérait au même rythme que ses activités parallèles, lesquelles l'absorbaient chaque jour davantage. La drogue, qu'il avait prise sporadiquement pendant des années pour tenir jusqu'au bout de journées irrégulières parfois interminables, lui était désormais nécessaire. Il avait commencé à plonger, mais sans éprouver les conflits ni les turbulences qui accompagnent les dépressions en Occident. Son calme dégénérait en apathie, il oubliait ses rendez-vous, passait des journées entières dans des bouges homosexuels, au hammam, fumant du haschich pour se stimuler. Et puis sa libido s'était dissoute dans le calme régressif de la morphine.

Al avait rencontré Mrs Tourian chez Rumplemeyer, à Paris. Le lendemain, il était allé prendre le thé avec elle au Ritz, où il avait fait la connaissance de Phillip.

Al avait trente-cinq ans, à l'époque. Il venait d'une bonne famille du Sud. Après ses études à l'université de Virginie, il s'était installé à New York, où il aurait les coudées plus franches pour satisfaire ses tendances sexuelles. Il travaillait comme publicitaire, comme lecteur pour des maisons d'édition, voire ne travaillait pas du tout, bien souvent.

Il avait un frère aîné ambitieux et travailleur. Cet homme était sur le point de faire fortune grâce à une usine de papier, où il détenait des parts. Al était donc rentré au pays, pour travailler chez lui. Il avait de très bonnes chances de devenir riche d'ici quelques années.

À l'époque, Phillip avait douze ans, et il était

très flatté qu'un adulte se mette en frais pour le voir à longueur de journée, l'emmener au cinéma, dans les parcs d'attraction et les musées. Sa mère aurait sûrement eu la puce à l'oreille si elle n'avait pas été obnubilée par ses propres maux, qui menaçaient de prendre une forme de plus en plus physique sous la compulsion de son désir de mort. Elle souffrait de problèmes cardiaques et d' hypertension critique.

À Paris, Al prenait le thé presque tous les jours avec elle, et il lui susurrait qu'au fond, dans son état, elle devrait rentrer en Amérique : elle y serait mieux soignée, et si les choses prenaient un tour fatal, du moins serait-elle dans son pays. Sur quoi il levait pieusement les yeux au plafond.

Quand elle lui confia que son mari vivait de la drogue et des filles, il s'écria : « Seigneur Dieu ! » et lui serra la main : « Vous êtes la femme la plus courageuse que j'aie jamais connue. »

Or, justement, M. Tourian regardait lui aussi vers le Nouveau Monde. Ses affaires avaient pris une telle envergure que les gens qui lui en voulaient, à tort ou à raison, devenaient légion. C'est ainsi qu'il entama des marchandages avec un employé du consulat d'Amérique. Faut-il le dire, il n'avait nulle intention de passer par toutes les formalités fastidieuses qu'imposent les lois sur l'immigration.

Les négociations prirent plus longtemps que prévu, et elles n'avaient pas encore abouti que Mrs Tourian mourut à Istanbul. Elle était restée toute une semaine les yeux rivés au plafond, l'air maussade, comme si elle en voulait à cette mort qu'elle appelait de ses vœux depuis tant d'années. Telle ceux qui n'arrivent pas à vomir malgré des nausées épouvantables, elle gisait là, incapable de mourir, résistant à la mort comme elle avait résisté à la vie, figée dans son amer refus du devenir et du changement. Elle avait fini par se « pétrifier », disait Phillip.

Il était arrivé à New York avec son père. M. Tourian avait perdu la main. Un an après leur arrivée, il s'était fait prendre en train de négocier la vente de vingt kilos d'héroïne. Il avait tiré cinq ans à Atlanta, et le montant de l'amende l'avait laissé sur le sable.

Un de ses parents, politicien grec, avait pris la garde de Phillip. Dans une poste, Phillip avait fauché une affiche représentant son père avec la mention « WANTED », il l'avait fait encadrer et l'avait accrochée dans sa chambre.

Dès que Phillip était arrivé en Amérique, Al avait commencé à faire des navettes en avion pour venir le voir. Ses week-ends à New York commençaient le jeudi pour se prolonger jusqu'au mardi.

Un jour, Al dit à Phillip qu'il avait lâché son boulot.

« Pourquoi tu as fait ça, pauvre imbécile ?

— Je voulais passer tout mon temps à New York avec toi.

— C'est idiot, avait conclu Phillip. Comment tu vas faire, pour l'argent, à présent ? »

Le lendemain matin, je me suis levé avec la gueule de bois que peut donner la morphine. Je me suis versé un grand verre de lait comme antidote. Bientôt je me suis senti mieux, et je suis allé à l'agence, prendre les tâches du jour.

Vers midi, le hasard a voulu que je me trouve dans Midtown, alors je me suis arrêté chez Al et on est allés déjeuner au Hamburger Mary's. Il m'a raconté sa nuit.

Quand il était arrivé au Washington Hall pour se pencher sur le sommeil de Phillip, on avait refusé de lui laisser prendre l'ascenseur jusqu'au cinquième parce que Phillip n'était pas rentré; du coup, son idée de monter sur le toit avant que la porte d'entrée soit verrouillée tombait à l'eau.

Il était donc allé dans Washington Square, dormir sur un banc jusqu'à deux heures et demie. Ensuite il était retourné à l'hôtel, escalader la palissade pour entrer par la cour de derrière, et il s'était élancé vers le portail de l'escalier de secours. Il avait fait grincer la grille bruyamment, et avant même d'avoir posé le pied sur la première marche, il avait vu le liftier, un homme de couleur, passer la tête par une fenêtre en lui criant : « Qu'est-ce que vous faites là ?

— Les ascenseurs ne marchent pas, avait dit Al. Je voudrais juste voir un ami, alors j'ai pensé monter par là pour ne pas déranger. Vous pourriez m'ouvrir l'ascenseur ?

— D'accord, entrez », avait dit le liftier en l'aidant à pénétrer par la fenêtre.

Sitôt qu'il s'était retrouvé dans la pièce, le liftier avait sorti un tuyau en acier, fiché dans un tuyau en caoutchouc de même longueur. « Attendez-moi là, je vais chercher Mr Goldstein », il avait dit en lui agitant le tuyau sous le nez.

Al lui ayant promis de ne pas bouger, le liftier était allé tirer du lit M. Goldstein, le propriétaire de l'hôtel.

C'était le moment de déguerpir, mais Al s'était rendu compte que cette fuite lui interdirait de revenir. Il avait donc décidé d'attendre, et de s'expliquer au mieux quand Goldstein arriverait.

Il était arrivé en effet, quelques minutes plus tard, dans un peignoir de bain plein de taches d'œuf et de café, en compagnie de Pat, le liftier.

« Voyez-vous, M. Goldstein... », avait commencé Al.

Goldstein l'avait interrompu d'une voix molle, mains tendues vers lui : « On va parler ici. Tiens-le à l'œil, Pat. »

Pat restait à son poste, se balançant sur ses talons et faisant rebondir le tuyau dans la paume de sa main, l'œil allumé d'une lueur sournoise.

« Je voulais rendre visite à une personne de ma connaissance, c'est tout », avait poursuivi Al.

Goldstein avait pris le téléphone, qu'il tenait comme un roi son sceptre. « Et qui connaissez-vous, dans la maison ?

— James Cathcart, avait dit Al.

— Eh bien, nous allons vérifier tout de suite. » Le patron avait fait un pas pour appeler Cathcart. Après un très long moment, on l'avait entendu dire d'une voix mielleuse :

« M. Cathcart, nous avons ici un individu qui prétend vous connaître. Nous souhaiterions que vous descendiez l'identifier. Excusez-nous de vous déranger, mais c'est très important. »

Au bout d'un moment, Cathcart était descendu du troisième, en peignoir de soie. Al avait fait mine de se lever.

« Vous, restez assis », avait dit Goldstein, puis, se tournant vers James : « M. Cathcart, connaissez-vous cet homme ?

— Oui, qu'est-ce qu'il se passe ?

— Nous l'avons surpris en train de monter par l'escalier de secours, et il affirme qu'il se rendait chez vous.

— Absolument, avait confirmé Cathcart avec flegme. J'avais effectivement l'intention de le retrouver ce soir, mais j'étais souffrant, et je me suis couché. Il n'y a pas de problème.

— Eh bien, si vous le dites, M. Cathcart. »

Al s'était excusé : « Écoute, James, je repasserai demain, je suis désolé de t'avoir tiré du lit.

— D'accord, à demain, donc. Je retourne me coucher. » Là-dessus, Cathcart était remonté dans sa chambre.

Al fait alors mine de partir.

« Minute, s'exclame Goldstein, vous n'avez pas l'air de vous rendre compte de la gravité de votre acte. Sans M. Cathcart, vous seriez en route vers le commissariat, à cette heure. À vrai dire, mon devoir est d'appeler le poste.

— Eh bien, mais je suis navré...

— Navré, navré... Navré ou pas, je suis responsable de la sécurité des biens et des personnes sous mon toit. Les pensionnaires eux-mêmes n'ont pas le droit de grimper par l'escalier de secours, vous le savez ?

— Non, je ne le savais pas.

— Eh bien voilà, vous ne le saviez pas, et vous vous dites intelligent. »

Al n'avait rien prétendu de tel. « Certes, maintenant que vous le dites », il concède, « ça paraît raisonnable, c'est plutôt que je n'y avais pas réfléchi.

— Il serait peut-être temps de réfléchir, hein ? Vous nous avez tirés du lit, M. Cathcart et moi-même...

— Je suis désolé d'avoir interrompu votre sommeil.

— Mais là n'est pas la question ! C'est un délit ! Car enfin, pour bien faire, je devrais appeler la police immédiatement. Vous en êtes conscient ?

— Oui, je vous suis très reconnaissant...

— Reconnaissant, tiens donc ! C'est bien pour M. Cathcart. » Goldstein secoue la tête en émettant quelque chose comme un rire. « Moi, ça m'échappe. Si vous étiez un jeune potache, passe encore, mais vous êtes à peine plus jeune que moi...

— Je vous promets que ça ne se reproduira plus.

— Et moi je vous promets que si ça se reproduit, vous vous retrouverez en prison ! » réplique Goldstein en secouant la tête. « Bon, puisque M. Cathcart se porte garant de vous, passons pour cette fois. Mais je devrais appeler la police. »

Al fait mine de se lever.

« Minute ! Vous n'avez pas l'air de vous rendre compte que Pat ici présent, mon liftier, a risqué sa vie, ce soir. Il a peut-être son mot à dire... » et, se tournant vers lui : « Eh bien, Patrick, qu'est-ce qu'on fait, d'après vous ?

— Oh moi, ça me fait pas plaisir de voir des gens au trou. »

Goldstein se tourne vers Al : « Il me semble que vous devez des excuses à Pat. »

« Je suis vraiment désolé de toute cette affaire », s'exécute Al.

Goldstein revient à la charge : « C'est facile de s'excuser, après coup. Moi je ne vais pas passer la nuit à vous expliquer les choses. J'ai assez perdu de sommeil comme ça, mais enfin, je me doute que c'est le cadet de vos soucis. C'était bien l'été dernier, Patrick, qu'un cambrioleur s'est introduit par l'escalier de secours pour voler vingt dollars dans une chambre ?

— Oui, M. Goldstein, je crois bien.

— On va oublier tout ça, poursuit Goldstein, je veux bien passer l'éponge pour cette fois.

— Je vous remercie de votre indulgence, et je

vous prie de m'excuser de vous avoir causé toute cette perturbation.

— C'est surtout pour M. Cathcart, je fais ça pour lui, comprenez-le bien.

— Oui, je comprends », dit Al, qui amorce un mouvement tournant autour du bureau.

« C'est bon, Pat, laisse-le filer », dit Goldstein.

Pat s'était écarté, Al avait tourné les talons en leur souhaitant bonne nuit. Goldstein le regardait, planté là, sans daigner répondre. Al était donc rentré se coucher sans demander son reste.

Le lendemain, il était retourné au Washington Hall, et il avait appris par le liftier de jour que Phillip avait quitté l'hôtel, et se préparait à prendre la mer.

« Il faut absolument que je l'en empêche, me dit-il pendant le déjeuner au Hamburger Mary's. Il va s'enrôler sur un bateau sans que j'en sache rien.

— Après tout », j'ai dit, « tu as des papiers militaires : si tu embarquais avec lui ?

— Bah, il faut voir... »

6

MIKE RYKO

Mardi matin, on avait tous la gueule de bois à cause du Pernod. À neuf heures, Barbara est partie à la fac, et Janie et moi on a fait la grasse jusqu'à onze heures, heure à laquelle Paul, qui se levait, est venu nous réveiller. Canicule moite.

Janie est allée nous réchauffer de la soupe à la cuisine, Phillip a sorti de son sac un chino et une chemise kaki propres, et il les a enfilés. On était habillés pareil, sauf que mes sapes étaient moins neuves et plus crasseuses.

« Regardez-moi ce foutoir », j'ai dit, « qu'est-ce qu'il s'est passé hier soir ? »

« Où est le chat ? » a demandé Phillip.

On est partis à sa recherche, et on l'a trouvé endormi dans un tiroir du classeur à dossiers laissé ouvert.

Après la soupe, j'ai dit à Janie : « On sera de retour ce soir.

— Vous avez intérêt », elle a dit en se recouchant.

Phillip et moi, on est partis pour Union Hall.

Le N.M.U. se trouve sur la 17e Ouest, à dix

minutes à pied de Washington Square. Au coin de la 14e et de la Septième Avenue, j'ai acheté le journal *P.M.*, et on s'est arrêtés un instant sur le trottoir pour regarder de près la carte des opérations militaires en France.

« Ils vont sortir de la poche de Cherbourg pour prendre Paris, a dit Phil. Caen et Saint-Lô sont prêts à tomber.

— J'espère que tu vois juste », j'ai répondu pendant qu'on fonçait vers le Hall. On était en effervescence à l'idée de partir au front.

Dans la 17e, on a trouvé des dizaines de matelots répandus autour du bâtiment, à causer et à manger des glaces distribuées par un bénévole de Good Humor.

« Si on allait se rincer en face, pour commencer ? » j'ai dit.

On a traversé la rue et on est entrés à l'Anchor Bar, commander deux bières. Elles étaient bonnes, bien fraîches.

« Les gars que tu vois », j'ai dit à Phillip, « c'est tous des marins. Des furieux, t'imagines même pas, du moins ils étaient comme ça quand j'ai embarqué pour la première fois, en 42 ; de ce temps-là, crois-moi, c'étaient tous des vieux loups de mer, surtout sur les quais de Boston ».

Il y avait un gars qui tranchait sur les autres, avec sa grande barbe rousse et ses yeux christiques. On aurait plutôt dit un bohème du Village qu'un marin.

Phillip n'arrêtait pas de le regarder, il était fasciné. « On dirait un artiste, celui-là. » Puis, impatient, il s'est tourné vers moi : « Dépêche-toi de finir ta bière, qu'on s'inscrive. »

On a donc retraversé pour entrer dans Union Hall. Tout le hall d'entrée était couvert de fresques ; l'une d'entre elles représentait un matelot noir en train de sauver la vie d'un de ses camarades blancs, son bras brun et musclé entourant tendrement le visage blême de l'autre. Il y avait un kiosque à livres vendant des ouvrages comme *Bound for Glory* de Woody Guthrie et *New World A-Coming* de Roi Ottley, ainsi que divers fascicules d'extrême gauche, le *Daily Worker, P.M.* et l'hebdomadaire du syndicat *The Pilot.*

Il y avait un steward à la porte, et on lui a montré nos livrets pour entrer dans le hall bondé où on s'inscrivait avant d'embarquer. C'est un hall long et large, bas de plafond, avec des rangées de sièges pliants solidaires, des tables de ping-pong et des présentoirs de magazines, au fond.

Le mur de devant est caché par un grand tableau, sur lequel sont affichés des chiffres et des lettres qui indiquent les compagnies, les catégories et les noms des bateaux, leur position exacte le long des docks ou à l'ancre, pour combien de temps ils sont là, de combien de postes ils ont besoin, lesquels, ainsi que la configuration actuelle du trafic portuaire.

Le hall était plein de marins, quelques-uns en uniforme, la plupart en civil, un kaléidoscope de nationalités et de couleurs, depuis les Portoricains moricauds et fins jusqu'aux blonds Norvégiens du Minnesota.

Au fond du hall, à côté des magazines, il y avait un bureau, avec une pancarte qui disait « C.I.O. POLITICAL ACTION COMMITTEE ». Phillip et moi, on s'est approchés pour jeter un coup d'œil aux fascicules et aux pétitions.

La fille assise au bureau nous a invités à signer l'une des pétitions, à propos du conflit entre les députés et les sénateurs sur un projet de loi d'après-guerre. Phillip a signé « Arthur Rimbaud », moi j'ai signé « Paul Verlaine ».

Ensuite on est allés consulter le tableau des départs, pour voir ce qu'on pouvait trouver. Les mouvements étaient rares, aucun convoi n'était arrivé récemment, mais on est quand même allés faire la queue au guichet pour s'inscrire.

Moi, il m'a fallu courir de bureau en bureau derrière les guichets parce que j'avais du retard dans mes cotisations, et que j'avais dépassé de deux mois mon temps autorisé à terre. Un employé du syndicat, qui travaillait chapeau sur la tête, s'est mis en devoir de me chapitrer ; il m'a fait remarquer mon retard : pour qui je me prenais, merde ! J'ai opiné, secoué la tête, j'ai regardé mes pompes, tant et si bien qu'il a fini par me laisser m'inscrire comme « membre en retard de cotisation ». Ça allait me compliquer la vie si je voulais embarquer sur le même bateau que Phillip.

Entre-temps, il avait terminé son inscription. Je lui ai dit de m'attendre une minute, et je suis allé au guichet des « postes ouverts », pour voir s'il n'y aurait pas quelque chose à prendre. C'est là qu'on va quand on n'a pas payé ses cotisations, ou quand on est resté trop longtemps à terre, ou quand on a contrevenu d'une manière ou d'une autre aux règlements du syndicat en temps de guerre. Les postes proposés à ce guichet sont ceux dont personne ne veut. On trouve toujours un bateau qui transporte du charbon dans le Norfolk, ou du minerai vers les Grands Lacs.

J'ai demandé s'il y en avait en partance pour l'Europe, et le gars du guichet m'a répondu que non.

Je suis retourné auprès de Phillip, on s'est assis, on a pris des journaux. Je ne voulais pas le mettre au courant de mon problème avant d'avoir phosphoré un peu.

Le dispatcher principal énumérait les postes au micro, avec l'accent de Trinidad, un accent chantant, agréable à entendre. Il annonçait : « Barber Line Liberty, sur la ligne huit. Il nous faut deux simples matelots, un pompier chargé de l'eau, trois essuyeurs et deux employés au mess. Il va loin, ce bateau... faudra pas oublier vos caleçons longs. »

Et plus tard : « Un aide-cuisinier sur un vieux freighter. Celui qui vient du Chili peut y redescendre. »

Et puis : « Un job hors de la ville, un bateau attend à Norfolk, il faut trois graisseurs, la compagnie vous offre le train jusque là-bas, vous êtes payés à partir d'aujourd'hui même... vous allez pouvoir rouler en Pullman. »

Enfin, il a annoncé le recrutement de tout un équipage. Phillip a sorti sa carte d'inscription, et il m'a dit : « Viens, on y va. » Il a bien fallu que je lui explique que ma carte n'était pas valable pour ces offres-là.

« Le bateau part pour l'Europe », a annoncé le dispatcher.

« T'entends ! m'a dit Phillip. Il va en France !

— Je sais », j'ai dit, « mais il faut que j'attende un poste "ouvert", et si tu veux embarquer avec moi, il va falloir que tu attendes au même guichet.

— Ça nous complique la vie.

— Écoute, peut-être que je peux essayer d'effacer la mention "retard de cotisation". Je peux tenter le coup moi-même, avec du corrector, ou encore essayer d'aller rouspéter auprès de quelqu'un, demain, pour me débrouiller une nouvelle carte. Je vais réfléchir. »

Phillip a commencé à faire la tête : « Tu pourrais pas payer tes cotisations ?

— Ça fait cinq mois à rattraper, et je suis fauché, tu le sais bien. Mais t'en fais pas, on va embarquer ensemble, laisse-moi faire.

— Allen va avoir tout le temps de l'apprendre », il a dit d'un air sinistre. « Et peut-être qu'on va pas arriver à embarquer ensemble, en plus.

— Mais t'en fais pas, bon dieu, on aura une

couchette d'ici la fin de la semaine. Je connais les ficelles, j'ai pris la mer cinq fois. »

Je me suis levé pour aller aux toilettes, où j'ai retrouvé un gars avec qui j'avais navigué dans le temps. « Salut, Chico ! » j'ai dit. C'était un petit aide-cuistot portoricain. « Tu te rappelles de moi ? J'étais sur le *George Weems*, qui allait à Liverpool. »

Il m'a souri, le regard vague. Il avait pris la mer si souvent qu'il mélangeait tous ses voyages, à moins qu'il ne se rappelle même pas ce qui venait de se passer une minute plus tôt.

« Eh ben, salut, Chico », j'ai dit en reboutonnant ma braguette.

« Salut. »

Je suis retourné dans le hall ; les guichets allaient fermer. Phillip n'avait pas bougé de sa chaise.

Un matelot m'a abordé : « Dis donc, petit gars, file-moi une *dime*, veux-tu. » Je la lui ai donnée sans lui poser de questions. Il quadrillait le hall en demandant ses *dimes*. J'en avais vu des comme lui sur les quais à Boston, en 1942 ; il devait avoir besoin d'écluser. Ces vieux loups de mer, bien souvent, ils se sont fait torpiller et couler avant même que ça barde dans les opérations terrestres.

J'ai jeté un coup d'œil circulaire à ces marins d'un nouveau genre. Beaucoup d'entre eux portaient des uniformes galonnés qu'ils avaient achetés dans des magasins de la marine. Ceux-là, c'étaient des gars qui ne buvaient pas beaucoup, et passaient leur vie dans des clubs et des cantines de marins, à jouer les types du meilleur monde avec des filles du meilleur monde et des actrices qui travaillaient comme hôtesses. Et puis il y avait un maximum de gars sans signes particuliers mais vaguement louches, qui avaient sans doute fini par atterrir dans la marine marchande avec leurs casseroles judiciaires au cul. Pour finir, j'ai aperçu un troisième groupe, une bande de petits gars venus des quatre coins du pays, qui me rappelaient les marins ados qu'on trouve dans les rames de métro, endormis la bouche ouverte et les jambes écartées, à bloquer le passage.

Le hall se vidait, et on a vu arriver un vieux Suédois avec un balai. Le dispatcher était rentré chez lui ; la fille aux écouteurs devant le panneau d'affichage et Joe Curran aussi, sans doute, étaient rentrés chez eux. Il faisait gris et lourd, dehors. Phillip et moi, assis tout seuls sur la rangée de sièges, on fumait une dernière cigarette.

Tout d'un coup, voilà Phillip qui lance : « Si on va en France, on n'aura qu'à déserter et rallier Paris en stop. J'ai envie de vivre au Quartier latin.

— Et la guerre, alors ?

— Oh, le temps qu'on arrive, elle sera finie. »

J'y ai réfléchi un instant.

« Dis donc, je m'embarquerai jamais dans une aventure pareille, il faudrait que je sois saoul.

— On ira se saouler dans le port et on partira en pleine nuit.

— Et la police militaire, les autorités françaises, tu les oublies ?

— Il sera toujours temps de s'en faire quand on sera sur place.

— Moi, si je me saoule, je suis capable de tout. »

On a commencé à examiner ce nouveau plan, et plus j'y pensais, plus j'avais envie de tenter le coup, même si quelque chose me disait par ailleurs que ça ne marcherait jamais, et qu'on allait se faire coffrer.

Phillip s'est abîmé dans un silence méditatif, alors je lui ai dit : « Ça va te plaire, d'embarquer, l'arrivée au port, dis donc, y a pas mieux.

« Une fois, mon bateau est arrivé dans un petit port de la Nouvelle-Écosse qui s'appelle Sydney. Ça faisait deux mois qu'on avait jeté l'ancre dans un fjord du Groenland polaire, on mourait tous d'envie de prendre une cuite mémorable. Tout l'équipage est allé à terre, on devait être dans les cent cinquante, c'était un cargo de tonnage moyen, et il n'y en a que cinquante qui ont réussi à éviter le gnouf. Il y en a un qui s'est fait coffrer pour s'être branlé sur un cheval dans la Grand-Rue, un autre qui se baladait la bite à l'air parce qu'il avait oublié de la rentrer dans son fute après avoir pissé un coup – au poste.

« Moi je traînais avec une bande de matelots de mon bord, on descendait sur les quais ; on a trouvé une bicoque, et on a commencé à faire les cons. Deux des gars sont entrés dans la bicoque, et l'un des deux a passé la tête par un trou de la toiture, pour se mettre à chanter. Il y avait des gars qui essayaient de pousser la bicoque, histoire de voir si elle allait bouger. Et elle a bougé. Alors on l'a poussée de côté jusque dans l'eau, avec les deux matelots qui étaient restés à l'intérieur. Un miracle qu'ils se soient pas noyés. Faut croire qu'ils étaient trop bourrés pour ça.

« Un peu plus tard, je passais dans une ruelle avec un litre de whisky donné par un gars qui en avait six dans ses poches, et voilà que je rencontre un de mes camarades de bord penché sur un corps. Le gars était ivre mort — un genre de clochard des quais — et le matelot était en train de lui faire les poches. "Tu fermes ta gueule, putain, t'as rien vu", il me dit en se relevant avec le portefeuille. "Ça te regarde", je lui dis. Il rigole et me demande s'il peut boire à ma bouteille, mais je me suis barré, il me plaisait pas beaucoup.

« J'étais à terre depuis trois jours alors que j'avais une permission de douze heures. L'après-midi, je me baladais avec un type derrière le Y.M.C.A. du coin, lorsque je vois deux S.P. canadiens et deux M.P. de notre bateau. Ils ont des flingues et ils nous disent de les suivre. Mon copain prend ses jambes à son cou, les voilà qui tirent au-dessus de sa tête, si bien qu'il revient en rigolant. Trois jours sans dessaouler : on se foutait de tout.

« Voilà donc que les M.P. et les S.P. nous embarquent, le gars et moi, à la base des corvettes, et qu'ils nous mettent au poste le temps qu'une chaloupe nous ramène à notre bord. Ça nous a laissé deux heures pour dormir. Tu vas pas me croire, j'ai dormi sur deux chevalets en bois que j'avais rapprochés. Dans ma saoulerie, j'arrêtais pas de me dire qu'il fallait pas que je dorme par terre sinon j'allais me salir. Je me suis couché roulé en boule sur ces deux chevalets.

« Quand j'ai fini par me réveiller, la nuit tombait. Il y avait des marins anglais qui se faisaient des passes avec un ballon et des gants, devant le poste. J'ai sauté par la fenêtre de côté, j'ai fait le tour de la guérite et je me suis mis à jouer avec eux. Ils étaient pas dégourdis, ils savaient pas lancer, alors je leur servais le coup sûr de Bob Feller, très chic. Et puis, il a fait nuit, et la partie s'est arrêtée. On voyait plus de gardes, ils avaient dû aller à la soupe, alors j'ai sauté la barrière qui entourait la base et je suis retourné en ville.

« J'ai recommencé à picoler. Cette nuit-là, je l'ai passée dans la banlieue, parce que j'étais sûr qu'aucun S.P. n'y viendrait me chercher. C'était un quartier de mineurs, qui travaillaient sur la Princess Colliery. J'ai bu dans plusieurs rades, et j'ai fini par lever une Indienne de De Soto. J'ai passé les trois quarts de la nuit dans sa maison balayée par le vent, et puis elle m'a viré. Je commençais à avoir sommeil, alors je suis entré dans la première turne que j'ai trouvée dans la rue, et je me suis couché sur le canapé.

« Je me persuadais que j'étais dans l'arrière-salle d'un rade. Mais quand le soleil s'est levé, j'ai vu qu'il y avait deux autres gars de mon bord couchés par terre, et qu'on était dans un séjour, chez quelqu'un, vu qu'on entendait la famille prendre le petit déjeuner à la cuisine, au bout du couloir. À la fin, le maître de maison arrive peinard, avec sa gamelle, c'était un mineur, et il nous voit dans son salon. "Salut, les gars", il dit en sortant. C'était bien la meilleure, jamais rien vu d'aussi dingue.

« On a quitté la baraque, on est passés devant un magasin, et aussi sec, voilà qu'un de ces jean-foutre de matelots passe le poing à travers une vitre. On s'est éparpillés dans toutes les directions, j'ai fini par rentrer en ville en tram, et pousser la porte d'un bar. J'ai bu quelques verres, et j'ai décidé de dormir un peu.

« On n'osait pas entrer au club des matelots, ni les uns ni les autres, parce qu'on était sûrs que les M.P. nous y attendaient de pied ferme, mais j'ai décidé d'y aller quand même, j'étais crevé, il était temps que je me rende. Or bizarrement, les M.P. n'étaient pas là. Il n'y avait personne dans la salle, lits vides, tout le monde devait être en train d'arrêter des gars ou de se planquer. Je suis donc allé me coucher dans un des lits, et j'ai dormi une bonne tirée.

« Je me suis réveillé requinqué, si bien que je

suis retourné en ville le soir même, pour me bourrer la gueule de nouveau. Comme je me suis aperçu que j'avais pour ainsi dire plus un rond, je suis monté dans une chaloupe pour rentrer à mon bord. Ce soir-là, on a levé l'ancre au complet, j'étais parmi les derniers retardataires, ils m'ont collé une amende de cinq dollars.

« On a touché Boston trois jours plus tard, après une halte à Halifax, et tout le bazar a recommencé. C'était une bande de marins qui venaient de toucher leur solde, dans les mille dollars, et qui descendaient de la passerelle en titubant déjà, avec tous les trucs qu'ils avaient ramassés au Groenland, des petits kayaks, des harpons, des lances pour embrocher le poisson, des fourrures qui puaient, des peaux, tout quoi. Moi j'avais un harpon. Avec quelques autres, on a mis notre bazar à la consigne, à North Station, on a claqué l'essentiel de notre fric en envoyant des télégrammes chez nous, après quoi on est partis se cuiter.

« C'était un samedi soir d'octobre, je me rappelle. J'ai bien dû descendre quarante-cinq, cinquante bières dans la nuit, sans mentir. On est allés dans les quartiers sud de Boston, et on a fait la tournée des bars, on chantait au micro sur des estrades, on tapait sur les caisses, et tout et tout. De proche en proche, on s'est retrouvés du côté de Scollay Square, dans ce bar mythique, l'Imperial Café. Deux étages, cinq salles, des matelots, des marins, des soldats, des filles, de la musique, du whisky, de la fumée, de la castagne.

« Moi j'y voyais trouble. Je me rappelle qu'un peu plus tard, on était dans une cour, au niveau de Midtown, et le marin qui était avec moi appelait vers la fenêtre du premier étage, où on croyait qu'habitait une pute. La fenêtre s'ouvre, et c'est un grand Noir baraqué qui passe la tête et qui nous balance un seau d'eau brûlante.

« Bon, finalement, quand le soleil s'est levé, moi j'étais couché dans un conteneur municipal sur Atlantic Avenue, au ras de l'eau, et il y avait une foule de petits bateaux de pêche ancrés à côté de moi, une tache de soleil rouge au bout de leur mât. Je les ai regardés un moment, et puis j'ai réussi à me traîner récupérer mon barda, et il m'a fallu traverser la ville en taxi pour aller à South Station, prendre mon billet pour New York. J'oublierai jamais ce retour en gloire sur nos côtes riantes. »

Phillip avait écouté mon histoire en souriant. Il faisait presque nuit, dehors ; si gris, si nuageux, on aurait dit un crépuscule de pluie. Le vieux Suédois avait fini de balayer.

« Allons chez Dennison, a dit Phillip, ça m'a donné soif, tout ça, et on n'a pas un rond.

— D'accord, ça me va », j'ai dit, et on a traversé le hall.

On allait descendre les marches quand j'aperçois une silhouette familière dans la 17e Rue, et elle vient vers nous.

« Regarde un peu qui s'amène », je dis.

C'était Ramsay Allen, il ne nous avait pas vus. Il avançait à grands pas anxieux, avec l'expression de la mère qui a perdu son gosse et qui vient au commissariat voir si ce serait pas celui qu'on a coffré. C'est là qu'il nous a vus. Son visage s'est éclairé sur-le-champ, mais il a aussitôt pris sur lui et remis son masque d'homme d'expérience affable.

« Alors », il nous a dit en nous abordant, « qu'est-ce que vous mijotez en douce ? ». On souriait tous trois, comme si chacun avait lieu d'être fier de lui. Puis Al a regardé Phillip sérieusement : « Tu n'as pas trouvé de bateau, si ?

— Pas encore. »

On s'est remis en route, et ils se sont dit des choses sans grande importance. Phillip lui a révélé notre nouveau projet, partir en France et déserter pour aller à Paris ; Al a dit : «Tu crois que c'est sans danger ?

— On s'en fiche pas mal », a dit Phil.

On est allés chez Dennison, et comme il n'était pas rentré du travail, on s'est assis sur le pas de sa porte pour l'attendre. Au bout d'un moment, on est allés au Chumley's, parce que c'est là qu'il va manger en général.

7

WILL DENNISON

Mardi soir, j'avais rendez-vous avec Helen au Chumley's. C'était une hôtesse du Continental Café. On a pris du vermouth-soda, et j'ai dû descendre le premier cul sec, tellement j'avais battu la semelle dans toute la ville. J'avais l'impression que ma bouche allait se décrocher pour sauter après le vermouth ; ça me rappelait la caricature mexicaine que j'avais vue dans un musée qui représentait un type avec sa bouche au bout d'un tube, comme si elle avançait plus vite que le reste de son visage. Après avoir bu la moitié du deuxième vermouth, ça a commencé à aller mieux. J'ai posé la main sur le genou nu d'Helen, et je l'ai serré.

« Voyons, M. Dennison », elle m'a dit, sur quoi je l'ai gratifiée d'un sourire paternel.

En levant les yeux, j'ai vu un beau gosse en treillis de la Marchande, et j'ai mis une fraction de seconde à réaliser que c'était Phillip. J'avais beau le regarder bien en face, je ne le reconnaissais pas. Et puis j'ai aperçu Al et Ryko derrière lui.

Ils sont venus à notre table, on s'est tous dit bonjour, et le serveur a rapproché deux tables, si bien qu'on s'est déplacés.

« Tu sais pas, Dennison, on embarque demain. C'est peut-être la dernière fois qu'on se voit.

— Il paraît, oui. »

Al a dit : « Ils veulent aller en France et se faire la belle.

— Qu'est-ce que vous aller fiche, en France ? » j'ai dit à Phillip.

Il s'est lancé dans un speech. « Quand on arrivera, on va se faire la belle et traverser le pays pour aller à Paris. Les Alliés y seront déjà, peut-être même que la guerre sera finie. On va se faire passer pour des Français. Comme je parle pas très couramment, je ferai le paysan demeuré. C'est Mike qui parlera quand il faudra, il se débrouille en français. On va se déplacer en chars à bœufs, dormir dans les meules de foin, jusqu'à ce qu'on soit Rive gauche. »

Je l'ai écouté un moment et j'ai dit : « Et pour manger, comment vous ferez ? Tout est rationné, il faut des tickets.

— Ben, on dira qu'on a perdu nos tickets. On dira qu'on est des réfugiés d'un camp de concentration.

— Et qui est-ce qui va raconter tout ça ?

— Ryko, il est français par sa mère, et moi je vais faire le sourd-muet. »

J'ai regardé Ryko d'un air dubitatif, et il a

confirmé : « C'est vrai. Ma mère m'a appris le français, et je parle finnois, en plus.

— C'est à vous de voir, après tout », j'ai dit. « Pour ce que j'en ai à faire... »

Alors Al a déclaré : « Moi je ne trouve pas du tout que ce soit une bonne idée.

— La prudence n'est pas une vertu de la jeunesse », j'ai dit. « Mais à bien y réfléchir, si, c'est une bonne idée. »

Al m'a jeté un regard furibond, que j'ai ignoré.

« La France », j'ai dit rêveusement, « eh bien faites-lui mes amitiés, quand vous arriverez sur place... si vous y arrivez ».

À ce moment-là, on nous a servi nos plats, crevettes et soupe chaude, en même temps que la deuxième tournée de cocktails. C'est le coup classique, et de deux choses l'une : ou on boit son cocktail et la soupe refroidit, ou bien on mange sa soupe et elle gâche l'effet du cocktail.

Un peu plus tard, le dîner fini, Helen a dit qu'elle rentrait chez elle, dans le Queens. Al m'a donné quatre dollars, censés payer la débauche de plats et de cocktails que Ryko et Phillip avaient ingurgités, et encore je me suis estimé heureux.

On est sortis dans la rue, et on a déambulé en se demandant ce qu'on allait faire. « On pourrait aller voir Connie, a dit Al.

— Qui c'est, Connie ? a demandé Phillip.

— C'est la fille qui travaille pour *P.M.*, dont

je t'ai parlé, celle que j'ai baisée sur le toit, il y a deux semaines.

— D'accord, allons-y, a dit Ryko.

— Le seul problème c'est qu'elle a déménagé et que je connais pas sa nouvelle adresse, ou alors je l'ai perdue. Il faudrait demander à quelqu'un comme Agnes.

— Dans ces conditions, on peut pas aller chez elle », j'ai dit.

« Non, tu dois avoir raison », a dit Al.

À ce moment-là un môme d'une douzaine d'années aux cheveux d'ébène est passé, et Al lui a lancé : « Salut, Harry ! », à quoi le gosse a répondu : « Salut, Al ! »

Il y avait une grande partie de craps devant le Romany Marie's, des centaines de dollars transitaient sur le macadam. On s'est arrêtés un instant suivre la partie. Un gros type à la peau luisante, un barreau de chaise au bec, a pris les dés en jetant cinq dollars. Il a amené un dix. Tout autour, les parieurs gardaient leur fric en main, ou le bloquaient du bout de leurs pompes pour pas qu'il s'envole. Ils se sont mis à parier avec le tireur, et entre eux.

Le tireur a ramassé dans les trente dollars sur les deux contre un. Il a amené un dix, et ratissé le fric sur tous les fronts, de sous les pompes et des mains tendues. Il a laissé un billet de dix dollars par terre et il a dit : « Tire. » Quelqu'un a enchaîné. C'est un sept qui est sorti. Il a doublé sa mise, et remis vingt dollars en jeu.

Tout le monde était tendu, concentré. Les

dés ont ricoché sur un plateau, et c'est le neuf qui est sorti. Les parieurs malchanceux ont commencé à faire leurs jeux.

On ne risquait plus de parler pour ne rien dire.

Nous, on est repartis. Al a dit : « On pourrait aller chez Mary-Ann, elle est sympa, comme fille. Le seul hic, c'est qu'elle a un mari abominable, et qu'on ne boit pas d'alcool chez eux.

— Allons boire un verre au George's, a dit Phillip.

— Et si on allait chez Betty-Lou ? » j'ai lancé.

« D'accord, allons-y. »

On s'est mis en route, c'est-à-dire qu'on est revenus sur nos pas, en petits groupes irréguliers.

Phillip a fait un saut en l'air, et il a arraché une branche d'arbre. Al m'a regardé en me disant : « Il est fabuleux, non ? »

Betty-Lou habitait un sous-sol. C'était une fille du Sud, scientologue, qui travaillait à la radio et qui croyait dur comme fer que la radio aurait bientôt une véritable mission d'éducation. Selon elle, après guerre, les ondes diffuseraient des flots de culture en permanence, on enregistrerait des cours de fac sur tous les sujets possibles et on les diffuserait vingt-quatre heures sur vingt-quatre.

Je lui ai dit que cette perspective me faisait froid dans le dos, et elle m'a traité de « triste cynique ».

À notre arrivée, il y avait déjà un visiteur.

C'était un petit mec de Brooklyn, on aurait dit un chauffeur de taxi. Il portait un costume croisé, avec une cravate voyante malgré la chaleur, et il était en veine de cérémonies. Il avait apporté à Betty-Lou du rosbif en tranches et une bouteille de bourgogne californien. Phillip l'a salué avec désinvolture, et s'est empressé de se servir en viande et en vin. Al a fait la même chose, et tous deux ont superbement ignoré l'homme de Brooklyn.

Ryko et moi, on est allés s'asseoir et on a sombré dans un silence sinistre. Phillip mangeait toujours du rosbif d'une main, tout en sortant les livres des étagères pour les feuilleter de ses doigts graisseux. J'ai fait un effort pour poser quelques questions sur la radio à Betty-Lou.

Quelques minutes plus tard, l'homme de Brooklyn se levait pour prendre congé. Il nous a serré la main, à Ryko et à moi, et il a jeté un regard perplexe à Al et à Phillip, lequel était présentement occupé à farfouiller dans une pile de disques, tandis qu'Al était assis par terre en tailleur et le regardait faire.

Le gars de Brooklyn a dit : « Bon, ben moi il faut que j'y aille. »

Betty-Lou l'a raccompagné jusqu'à la porte, en l'invitant à revenir.

À force de bidouiller le phono, Phillip et Al ont réussi à l'allumer, et ils ont mis *Le Lac des cygnes.*

Tout d'un coup, voilà qu'un gros rat sort de la cuisine et fait irruption au beau milieu de la pièce. Il est resté figé un instant, pas sûr de la marche à suivre, et puis il s'est sauvé en couinant dans la salle de bains.

« Flûte ! encore ce rat ! » s'est écriée Betty-Lou.

Elle est allée à la cuisine, beurrer un biscuit apéritif de pâte de phosphore. Elle l'a brisé en miettes, qu'elle a dispersées dans la cuisine et la salle de bains. Je savais que ça ne servirait pas à grand-chose : les rats se méfient de la pâte de phosphore, et en plus il y a tellement de trous, chez elle, que tous les rats de New York pourraient y entrer.

À ce moment-là sont arrivés deux hommes et une femme, et j'ai commencé à échanger des banalités avec l'un des deux. On a parlé de la mauvaise qualité du gin cubain et de la hausse du prix de l'alcool en général. Il a dit que son alcool préféré était le whisky, moi j'ai dit que c'était le cognac, mais qu'on n'en trouvait plus. « Si, on en trouve encore, il a dit.

— Ouais », j'ai dit, « un dollar la gorgée ». J'ai soupiré, et j'ai ajouté qu'apparemment il n'y avait qu'un seul endroit au monde où on en fasse du bon, et c'était en France, à Cognac. « Le brandy, il n'a jamais ce goût-là, où que ce soit. »

Il a réfléchi un instant et déclaré : « Le brandy californien, c'est dégueulasse.

— Et j'aime pas le brandy espagnol, non plus.

— Moi personnellement, j'aime pas trop le brandy. »

Il y a eu un long silence, alors je me suis éclipsé aux toilettes, et, tout en m'appuyant contre le mur, j'ai fait gaffe aux rats.

À mon retour, Al et Phillip se préparaient à sortir acheter une bouteille de rhum pour laquelle les deux hommes s'étaient cotisés. Moi je suis allé passer des disques pour couper court à la conversation. Ryko bavardait avec Betty-Lou, et en tendant l'oreille j'ai entendu qu'il était question de Phillip. Ryko semblait faire son chemin auprès d'elle.

Al et Phillip ont fini par reparaître, flanqués de deux marins français, moyennant quoi tout le monde s'est mis à baragouiner en français, sauf les deux matelots, qui baragouinaient l'anglais. Ils essayaient de nous expliquer qu'ils étaient des individus respectables, nullement adonnés à frayer avec les inconnus, et on leur répétait tous qu'il n'y avait aucun mal à ça.

Finalement, le groupe s'est dispersé, et on est sortis. Phillip voulait manger un morceau, alors on a pris la Septième Avenue pour aller au Riker's.

Phillip a cogné un poteau d'arrêt d'autobus, qui s'est mis à osciller, alors Al a sauté sur un présentoir de presse en bois, devant une boutique de bonbons, et le truc s'est écroulé. Le Grec est sorti de sa boutique comme un diable de sa boîte, il a pris Al au collet, et Al a dû lui filer un dollar.

Un peu plus tard, au Riker's, en mangeant nos œufs sur le comptoir, Ryko m'a dit que Betty-Lou avait trouvé Phillip foncièrement antipathique.

« Il y a quelque chose de pourri dans ce type, avait-elle dit. Il pue la mort. »

« Celle-là, elle est à retenir », j'ai dit.

Plus tard, au moment de partir, Phillip m'a montré un billet d'un dollar, qu'il avait volé dans le portefeuille de Betty-Lou.

8

MIKE RYKO

Mercredi, il faisait un temps superbe. C'était un de ces jours de juin, clairs et frais, où tout est bleu et rose, gorge-de-pigeon. J'ai passé la tête par la fenêtre de la chambre de Janie, et j'ai jeté un coup d'œil circulaire. Il était déjà onze heures, mais tout était neuf et net comme au petit matin.

Janie était fâchée contre Phillip et moi parce qu'on était rentrés à des heures indues, alors elle ne s'est pas levée pour nous faire le petit déjeuner. Barbara était chez elle, à Manhasset.

On est partis pour Union Hall, et en tournant dans la 17e Rue, on a vu Ramsay Allen qui nous attendait sur les marches, un grand sourire aux lèvres.

Quand on est entrés, on a trouvé des tas de nouvelles offres sur le panneau d'affichage. Aussitôt, je suis retourné dans l'un des bureaux, rouspéter pour ma carte.

« Je peux pas me trouver un bateau, avec cette mention "retard de cotisation" », j'ai dit. « Et justement, je suis fauché, il faut que je parte tout de suite.

— Je peux rien faire pour toi », m'a répondu le gars sans ambages.

Je suis retourné auprès d'Al et de Phillip, leur rapporter cette réponse. Ils avaient pris place sur une rangée de sièges ; Phillip lisait *Europa* de Briffault, sous le regard d'Al.

Al a dit qu'il connaissait une fille du Village qui travaillait dans un des bureaux de l'étage. « Je vais voir si je pourrais pas trouver une combine avec elle », il a dit en montant.

Un quart d'heure plus tard, il était de retour et nous annonçait qu'il l'avait invitée à déjeuner.

« Et avec quoi tu vas payer ? » a dit Phillip.

Al a répondu qu'il partait chercher de l'argent, et qu'il serait de retour d'ici une demi-heure.

« Alors là », j'ai dit à Phillip quand on a été seuls, « je me demande bien pourquoi il nous aide.

— Il se figure sans doute que je vais lui permettre d'embarquer avec moi. »

Il était à peu près une heure moins le quart quand Al est revenu avec cinq dollars, empruntés à des amis du Village. Il est monté chercher la fille du syndicat. On voyait bien qu'elle en pinçait pour lui, et qu'elle serait capable de se mettre en quatre pour lui faire plaisir.

On est partis déjeuner, et on est entrés dans un restaurant espagnol de la Huitième Avenue.

La fille disait qu'elle venait y manger tous les jours et que c'était un endroit très « authentique ». Là-dessus, elle m'a demandé ce qui m'arrivait avec ma carte, et je le lui ai dit.

« Tu comprends, si j'ai pas payé mes cotisations, et si j'ai dépassé mon temps à terre, c'est parce que je suis resté quinze jours sur le flanc à cause d'une grippe, ça m'a un peu cassé l'élan, quoi.

— Et tu le leur as pas dit, ça ?

— J'ai pas pensé que ça changerait quoi que ce soit.

— Oh mais si, même deux semaines. »

Ensuite, je me suis insinué dans ses bonnes grâces en lui demandant si elle connaissait machin et chose, au Village, si elle avait déjà rencontré Untel et Untel, en lui servant la liste de mes vieux potes gauchos d'autrefois. Elle en connaissait d'ailleurs quelques-uns. Il a fallu que j'en rajoute en parlant de mes activités communistes en Pennsylvanie, et en racontant que je m'étais fait arrêter comme agitateur dans le parc de Boston, une fois. Elle était impressionnée par tout ça, elle se figurait que je faisais partie des camarades.

Al s'est mis à raconter des histoires drôles, ce déjeuner devenait une vraie petite fête, sauf que Phillip a failli nous casser le travail en rigolant quand la fille a parlé de l'« homme du commun ».

Enfin, Al a pris rendez-vous avec elle pour la semaine suivante, si bien que l'affaire était pour ainsi dire dans le sac. Après déjeuner, elle s'est essuyé la bouche sur sa serviette, et elle m'a dit : « Il me semble que je vais pouvoir arranger ton affaire de carte, Mike. »

On est donc retournés dans la 17e Rue, où elle nous a demandé d'attendre qu'elle ait passé quelques coups de fil à ses collègues. « Je serai fixée d'ici trois heures de l'après-midi », elle m'a dit, et on l'a laissée devant la porte.

À l'Anchor Bar, on a commandé des bières, et quand Phillip est parti aux toilettes, Al m'a dit : «Eh bien, voilà, Mike, la France vous attend. J'aimerais bien vous accompagner, crois-moi.

— Et qu'est-ce qui t'en empêche ?

— Phillip ne voudra jamais, à mon avis. Qu'est-ce que tu en penses ?

— On n'en a pas parlé, mais moi, personnellement, je serais content que tu viennes. Plus on est de fous, plus on rit, et puis, si tu es là, on s'en sortira mieux quand il faudra prendre la route.

— Oui, a dit Al en hochant la tête, je pense qu'on s'en sortira mieux à trois. Vous êtes jeunes, tous deux, vous n'avez aucun sens pratique, vous ne saurez pas comment vous procurer de la nourriture, ou de l'argent.

— C'est logique », j'ai dit. « Tout seuls, on va crever la dalle, c'est sûr.

— Je pense que tu vois juste », a dit Al, qui a ajouté : « Tu pourrais pas persuader Phillip de me laisser venir avec vous, Mike ?

— Écoute, moi je suis d'accord, et je risque rien à tenter de le convaincre, il va peut-être céder. Oui, bien sûr, je vais lui demander.

— Fais-lui bien ressortir les arguments du ravitaillement et de l'argent.

— Ouais.

— N'oublie pas, Mike.

— Compte sur moi. »

Il m'a donné une tape sur l'épaule, et il m'a payé une autre bière.

Phillip revenu, ils se sont remis à parler de la Vision Nouvelle. Phil se demandait si elle était réalisable, dans la mesure où on était tous équipés d'un nombre de sens fini.

Al a hoché la tête en disant : « C'est une idée, mais tu trouveras peut-être pas mal d'éléments occultistes intéressants aussi chez Yeats, et dans la doctrine kabbalistique.

— Rimbaud se prenait pour Dieu, a dit Phillip. C'est peut-être la première condition. Dans la kabbale, l'homme est au seuil de la vie végétative, et entre lui et Dieu il n'y a plus qu'un voile de brume. Mais si tu te projettes effectivement en Dieu, sous la forme du soleil, la vision et la connaissance ne deviennent-elles pas accessibles ?

— Oui, il se peut que tu marques un point, mais n'oublie pas que Rimbaud a fini par échouer, après s'être projeté de cette façon. »

Phillip a serré le poing : « Oui, c'est un fait, et je pense savoir pourquoi, mais je suis pas sûr de pouvoir l'expliquer de manière cohérente.

— Essaie quand même », lui a dit Al, d'un air gentiment persuasif, le sourcil froncé par l'attention.

Phillip a fait un geste évasif, et il a commandé une bière.

Sur ces entrefaites, il était trois heures, et on a traversé la rue pour retourner dans le Hall. J'ai appelé la fille, et elle m'a dit qui aller voir. Je l'ai remerciée du mal qu'elle s'était donné, et puis Al a pris le combiné et il a bavardé avec elle.

L'employée du syndicat m'a dit qu'elle avait entendu parler de mon cas par une sœur, et qu'en la circonstance elle allait m'établir une nouvelle carte. Pendant qu'elle s'exécutait, j'ai glissé dans ma poche deux cartes en blanc – en cas d'urgence future.

Je suis revenu apporter la bonne nouvelle à Phillip et à Al. On s'est plantés devant le panneau avec d'autres matelots, pour voir les mouvements.

« Cette fois, on va se trouver un bateau, à tous les coups, a dit Phillip.

— Sinon aujourd'hui, du moins demain », j'ai répondu. Et puis j'ai fait voir à Al les cartes vierges que j'avais fauchées dans le bureau. Il me les a aussitôt prises des mains pour les fourrer dans la poche de sa veste. Il a fait ça si prestement que Phillip n'y a vu que du feu. Je l'ai regardé, et il m'a rendu mon regard, d'un air grave.

Une minute plus tard, il nous a dit qu'il devait faire de la peinture, dans un appartement de la

52e Rue, et il est parti. Phillip et moi, on s'est assis sur un banc, pour attendre l'aboyage des offres à trois heures et demie.

À trois heures et demie, un appel a été passé pour recruter des hommes de pont. J'ai jeté ma carte toute neuve avec quatre autres officiers mariniers, et j'ai cru tomber à la renverse quand c'est moi qui ai emporté l'un des postes. On était ravis de l'aubaine tous les deux, et Phillip m'a allumé ma cigarette d'une main tremblante.

Ensuite, on a réclamé de simples matelots, et Phillip a lancé sa carte avec dix autres gars. Le dispatcher était en train de les ventiler, selon l'ancienneté des demandeurs.

L'un de ces matelots avait passé sa journée à traîner au guichet; c'était un gosse de dix-sept ans environ, maigre et boutonneux, l'air d'un demeuré. On lui a balancé sa carte à la figure, comme on l'avait fait toute la journée; j'y ai jeté un coup d'œil, et j'ai vu qu'elle portait la mention « Retard de cotisation ». Il n'avait même pas assez de jugeote pour se rendre au guichet des postes « ouverts », si bien qu'il avait passé la journée au mauvais guichet, à se faire balancer sa carte à la figure, et affichait un sourire morose. Je lui ai dit ce qu'il fallait faire, puisque personne, pas même le dispatcher, n'avait cru bon de l'avertir.

La carte de Phillip a été rejetée, elle aussi, mais au profit d'un gars qui n'avait que quelques heures de plus que lui. On est retournés s'asseoir. « Ça va venir », j'ai dit.

Le dispatcher annonçait au micro : « L'un de ces postes d'officiers mariniers vient d'être rendu, ça en fait donc un de plus à pourvoir. » C'était mon poste.

« Demain la chance va nous sourire », j'ai dit. « On se lèvera de très bonne heure. » Je me suis mis à réfléchir à la façon dont Al avait emporté l'affaire avec la fille du syndicat, et j'ai regardé Phillip, qui avait rouvert son livre.

« Il est incroyable, Al, avec lui on est tranquille pour tout. »

Phillip a levé les yeux de son bouquin.

J'ai décidé d'enfoncer le clou : « Pourquoi tu le laisses pas embarquer avec nous, il en a tellement envie... »

Phillip a eu une grimace douloureuse : « Hé, jamais de la vie. Si je veux embarquer, c'est justement pour le semer, je te l'ai dit. »

J'ai haussé les épaules en disant : « Ça m'échappe.

— Comme tu ne connais pas bien les faits, il est normal que ça t'échappe.

— O.K. », j'ai dit froidement.

Il était de nouveau cinq heures, et Phillip a proposé qu'on aille dîner avec Al, il se disait qu'il avait dû gagner de l'argent avec son histoire de peinture, mais je savais pertinemment qu'il avait dû arpenter la ville en quête d'un tampon encreur pour tamponner les cartes vierges et embarquer avec nous.

Quand on est arrivés chez Al, au-dessus du club de jazz, dans la 52e, il n'était pas encore rentré, si bien que je me suis allongé sur le canapé, pendant que Phil lisait *Europa* sur la chaise longue.

Depuis le canapé, j'avais vue sur la cour, où une vigne d'âge vénérable recouvrait le plâtre du mur, zébré par une fissure ; c'était très beau, dans la claire lumière de l'après-midi. « Tu vois ce mur, dehors », j'ai dit à Phil, « avec sa vigne exotique ; je me dis que Montmartre doit ressembler à ça ».

Phillip s'est mis à la fenêtre et il a regardé le mur ; bientôt, je me suis endormi sur le canapé.

À mon réveil, Al et Phillip étaient penchés sur moi, et ils me disaient de me lever. Je me suis tourné contre le mur, et j'ai repensé au rêve que je venais de faire. J'avais rêvé de collines que j'avais vues dans le Tennessee. Je trouvais ça bizarre de ne pas rêver de bateau à ce moment-là, parce que chaque fois que je prends la mer j'en rêve à l'avance.

Un moment plus tard, la porte s'entrebâillait à peine, et Will Dennison y glissait son ombre d'un mètre quatre-vingt-huit. J'ai sursauté parce qu'il était arrivé sans faire le moindre bruit. Il portait une veste en seersucker, il avait une clope à moitié fumée au bec. Il a pris la chaise longue, et Phillip et Al se sont mis à lui raconter notre déjeuner avec la fille du syndicat, et comment tout s'était arrangé. Je me suis redressé sur le canapé pour observer sa réaction.

Il n'y a pas eu grand-chose à observer. Je le connaissais depuis des mois, et j'avais encore du mal à le cerner. Il était natif de Reno, dans le Nevada, et il avait l'allure d'un gars qui a traîné sur les champs de course et aux tables de jeu. Mais ce n'était qu'une impression superficielle. Il parlait lentement, d'une voix acerbe, avec cependant quelque chose de raffiné dans le timbre, qui détonnait. Et je savais qu'il trempait dans toutes sortes d'activités louches. Il recevait tout le temps de mystérieux coups de fil de Chicago, et parmi les gars qui lui rendaient visite, il y avait des gens d'une compagnie plutôt agréable, sauf qu'ils avaient l'air murés dans leurs secrets.

Je croyais savoir qu'il avait toujours sa mère à Reno et qu'elle lui envoyait régulièrement des colis de provisions, et que, tous les Noëls, il faisait sa valise pour partir dans l'Ouest. De fait, c'était un type de l'Ouest, et je me suis souvent demandé pourquoi il était venu vivre dans l'Est. Bien sûr, il se disait que l'Ouest était malsain pour lui, parce qu'il aurait doublé des tas de gens qui seraient ravis de le voir revenir, un de ces jours. Il va de soi que son voyage de Noël était des plus discrets.

Il me faisait penser à un cow-boy, Dennison, mais pas celui qu'on voit à l'écran avec son cheval blanc, son stetson gris perle et son holster double, surchargé de volutes. Will, c'est le cow-boy qui porte un gilet uni, un stetson à bords étroits, celui qui passe sa vie au saloon, à une table de jeu, et qui se tire en douce avec la monnaie qu'il a raflée au moment où le héros va affronter le méchant dans un duel au pistolet.

9

WILL DENNISON

Mercredi soir, même scénario. Quand je suis passé chez Al en rentrant du travail, j'y ai trouvé Ryko et Phillip. Si j'ai bien compris, ils avaient oublié de se réveiller, et ils n'avaient pas pu s'enrôler sur un bateau, mais demain, sans faute, etc. J'étais écœuré, parce que je voyais bien que ça allait durer comme ça des semaines. On est sortis dîner.

Dans le hall de l'immeuble, je me suis heurté à Agnes. Elle avait passé sa journée à interviewer le personnel de la maison de détention, et cette fois on lui avait confirmé que Hugh était bel et bien là. Le lendemain, elle se mettrait en quête d'un avocat pour le faire libérer sous caution. Elle avait démissionné de son boulot pour pouvoir se consacrer entièrement à l'affaire. Je lui ai donné le nom d'un avocat de ma connaissance, grâce auquel l'un de mes amis qui avait été surpris dans un bureau à quatre heures du matin, avec en poche 1 500 dollars qui ne lui appartenaient pas, s'en était tiré avec deux mois de taule seulement.

J'ai demandé à Agnes si elle voulait venir dîner avec nous, mais elle a refusé, disant qu'elle était fauchée. « Je t'invite », j'ai dit, mais elle a refusé quand même. Alors je lui ai dit bonsoir et je suis parti.

Les autres attendaient, devant l'immeuble.

« Agnes ne veut pas venir dîner avec nous », j'ai dit, « elle est fauchée. Il y en a qui ont leur fierté.

— Il y en a surtout qui ont des idées à la con, a dit Phillip.

— Ouais, bien sûr, toi t'es un artiste, l'amour-propre, l'honnêteté, la gratitude, ça veut rien dire, pour toi. Où on mange ? »

Phillip a dit qu'il voulait aller voir *Pépé le Moko* sur la Cinquième Avenue, alors on a décidé d'aller manger dans le Village. On a pris le métro à la station Septième-Avenue jusqu'à Sheridan-Square, et on est entrés dîner au Chumley's. Aussitôt, Phillip a commandé des Pernod et des daiquiris.

Après dîner, on est allés à la salle de la Cinquième Avenue. Phillip et Ryko ont eu leurs places à moitié prix en sortant leurs cartes de la Marchande. Une fois entrés, Phillip s'est engagé le premier dans la rangée et il s'est assis, suivi de Ryko, de moi et enfin d'Al.

Pendant le film, Al n'arrêtait pas de se tordre le cou pour regarder Phillip, si bien qu'il a fini par faire le tour pour s'asseoir de l'autre côté de lui, avec vue imprenable sur son profil.

Après le film, on est allés à la Tavern Mac-

Donald's, un bar de pédés ; c'était plein de tantouzes qui piaillaient et qui brassaient de l'air. De temps en temps, il y en avait une qui poussait un cri perçant.

On s'est faufilés jusqu'au bar pour commander nos verres. Les pédés d'âge mûr rcluquaient Phillip sans vergogne, et les plus jeunes affectaient de l'ignorer. Ils étaient debout à bavarder par petits groupes et le regardaient du coin de l'œil.

Il y avait quelques matelots aussi, et j'en ai entendu un qui disait : « Mais où elles sont, les femmes, dans cette putain de ville ? »

Un type entre deux âges, bien habillé, était en train de parler de Joyce à Phillip ; il l'accusait de ne rien comprendre à la littérature, histoire de se mettre en position dominante. Et puis il lui a payé un verre.

Un petit brun maigre avec un sourire de fou est venu taper une cigarette à Al. Al a sorti son paquet, où il n'en restait plus qu'une. « Ah, c'est la dernière, a dit le gars, eh ben, je la prends quand même », ce qu'il a fait.

Al l'a regardé froidement, et puis il a tourné la tête.

L'homme s'est mis en devoir d'expliquer qu'au Village il fallait se comporter comme un personnage. Il venait de Hartford, dans le Connecticut, il cherchait une femme. Là-dessus, il a aperçu deux lesbiennes près du piano, et un éclair est passé dans ses yeux.

« Des femmes ! »

Il a traversé le bar pour se placer derrière elles, avec son sourire de cinglé.

On est partis, et on a tourné le coin pour aller au Minetta's.

Phillip a dit : « Je me demande ce que font Janie et Babs, ce soir. — On n'a qu'à aller les voir tout à l'heure », a dit Ryko.

Au Minetta's, on trouvait l'assortiment habituel de crétins. Joe Gould était assis à une table. Un homme a bousculé Al et il s'est excusé.

« C'est rien, a dit Al.

— Je m'excuse parce que je suis bien élevé, a dit le type. Mais tu t'en serais pas douté... »

Al l'a regardé, et le gars a repris : « Il se trouve que j'ai été champion de boxe interfac, à l'Université du Michigan. »

Personne n'a rien dit, et au bout d'un moment le champion est parti embêter quelqu'un d'autre. Dans les bars, il y a toujours des types qui prétendent faire de la boxe ; c'est pour pas qu'on les cherche, comme la vulgaire vipère fait vibrer sa queue sur les feuilles, dans l'espoir de passer pour un serpent à sonnette.

On a tous bu quelques verres. Al est allé s'asseoir à côté d'une fille assez belle, et il a engagé la conversation avec elle. Phillip était au comptoir, je l'ai vu sortir ses papiers de la Marchande à un type qui lui montrait un autre papier, prouvant ses hauts faits pendant la guerre.

Je suis allé rejoindre Al et la fille. Lui faire la conversation, c'était trapu. Al lui parlait du film, moi j'ai dit que j'étais allé à Alger.

Là-dessus, la voilà qui me regarde d'un air teigneux et qui demande : « Quand ça ?

— En 1934. »

Elle a continué à me regarder avec une expression de colère soupçonneuse imbécile.

Je commençais à éprouver cette impression, familière du temps où j'étais barman, d'être le seul être sensé au milieu des fous. Loin de donner un sentiment de supériorité, ça déprime et ça fait peur, impossible d'établir le contact avec qui que ce soit. Aussitôt, j'ai décidé de rentrer chez moi.

« Bon, moi je crois que je vais y aller, Al, je me lève tôt demain », j'ai dit en me levant.

Comme je passais devant le Tony Pastor's, j'ai vu Pat, la videuse lesbienne, jeter un marin ivre dans la rue. « Putain, y a que des pédés, ici », disait le gars. Il donnait des coups de poing dans le vide, il a failli faire un plongeon sur le trottoir, et puis il s'est éloigné en titubant et en marmonnant tout seul.

Je suis allé jusqu'à la Septième Avenue, puis j'ai pris Christopher Street pour acheter les journaux du matin. Comme je rentrais, j'ai vu qu'il y avait une altercation devant le George's, et j'ai traversé par curiosité.

Le propriétaire était sur le seuil, et il se disputait avec trois personnes qu'il venait de mettre à la porte. L'un des gars répétait : « Moi j'écris dans le *Saturday Evening Post.*

— Je m'en fous pas mal, Jack, a dit le propriétaire, je veux pas de toi chez moi, foutez-moi le camp.» Ils ont commencé à battre en retraite, mais quand le propriétaire a tourné les talons pour rentrer dans sa boîte, le type qui écrivait dans le *Saturday Evening Post* est revenu à la charge, et ils ont remis ça.

Au moment où je m'éloignais, j'ai entendu le propriétaire dire : « Pourquoi vous allez pas ailleurs ? C'est pas les endroits qui manquent, à New York. »

J'avais l'impression que d'un bout à l'autre de l'Amérique, à tous les coins de rue, dans tous les bars et les restaurants, on pouvait entendre ce genre de discussion absurde. D'un bout à l'autre de l'Amérique, les gens sortaient des papiers de leur poche attestant qu'ils avaient fait ci ou ça, qu'ils étaient allés à tel ou tel endroit, et ils les fourraient sous le nez de leur interlocuteur. Je voyais venir le jour où tout le monde se mettrait à gueuler : « On me manque pas de respect, à moi !» tout en agressant son voisin.

10

MIKE RYKO

Mardi matin, à dix heures, Phillip m'a jeté un verre d'eau à la figure en me disant : « Allez, lève-toi. »

J'avais dormi tout habillé sur le canapé, et Janie dans la chambre. Phillip était déjà lavé-peigné, fin prêt.

J'étais encore mal réveillé quand on est arrivés à Union Hall, requinqués par une tasse de café et un sandwich pris dans un grec.

Au moment où on passait la porte, le micro réclamait tout un équipage de pont. On s'est précipités au guichet, et j'ai jeté ma carte avec six autres officiers mariniers. Comme il n'y avait que sept cartes pour neuf postes, j'étais enfin sûr de décrocher de l'embauche. Sauf que le dispatcher a rejeté deux cartes, dont la mienne.

« Qu'est-ce qu'elle a encore qui va pas ma carte, bon dieu ? » j'ai gueulé à travers le grillage.

« Ouais ! » a voulu savoir l'autre officier évincé.

« Il y avait meeting hier soir, a dit le dispatcher, et vous êtes pas venus. La prochaine fois, vous le saurez, frangins. »

J'ai attrapé une autre carte par le guichet, je l'ai retournée et j'ai lu le tampon : « A assisté au meeting du 26 juin 1944 ».

Je suis reparti m'asseoir en pestant.

Phillip, resté debout, m'a demandé : « Ben, comment on va faire, alors ? »

J'ai levé les yeux vers lui, vaguement désemparé, et j'ai dit : « On va bien trouver quelque chose. »

On a passé un petit moment à réfléchir, et puis j'ai décidé de tenter un truc dont j'étais sûr qu'il marcherait. « Viens », je lui ai dit en l'entraînant dans l'un des bureaux.

Il y avait un permanent du syndicat assis à sa table, il parlait au téléphone. J'ai posé les deux mains sur le bureau, en attendant d'avoir son entière attention. Au bout de dix minutes, il a quand même raccroché.

J'ai dit : « Écoute, frangin, j'étais sur le point de décrocher un poste et le dispatcher a rejeté ma carte en disant qu'elle était pas tamponnée du meeting d'hier soir. Ça veut dire que je vais pas pouvoir embarquer ?

— Ça veut dire qu'il va falloir que tu ailles au guichet des postes ouverts, mon frère.

— Mais on a pas pu y aller ni l'un ni l'autre », je désignais Phillip du geste, « au meeting d'hier soir, vu qu'on était à Washington. Ça faisait deux jours qu'on était descendus pour assister aux débats du Sénat et de la Chambre sur la loi

Pillsbury. Tu comprends, on était bourrés, et on a décidé d'y aller...

— Et qu'est-ce que vous avez pensé des débats? m'a interrompu le permanent.

— Ben », j'ai dit en me tournant vers Phillip, « Phil et moi, on avait jamais vu ça. On était retournés d'entendre ces salopards de démocrates sudistes réac, comme John de Georgie et Banken du Mississippi, déblatérer contre la loi Pillsbury. »

Une ombre de sourire est passée sur le visage du permanent. J'allais ajouter quelque chose quand le téléphone a sonné de nouveau. Le type s'est affairé une minute, et quand il a raccroché, j'ai voulu reprendre : « Alors, comme je te disais...

— Faites voir vos cartes », il a dit en tendant la main. On les lui a données, et il les a tamponnées.

« Merci », j'ai dit d'un air grave, comme un frère dont le syndicat vient de payer la caution qui le sort de taule après une grève.

On est sortis, j'ai regardé les cartes, elles portaient le tampon « A assisté au meeting du 26 juin 1944 ».

« Bien joué, a dit Phillip.

— Question de psychologie, j'ai dit. Ce qu'ils veulent c'est avoir un maximum de camarades intelligents sur les bateaux, pour répandre la bonne parole et changer l'abruti de base en porte-parole de la classe ouvrière. Il nous disait pratiquement : "Passez le mot, les gars." »

On a trouvé Ramsay Allen qui nous cherchait dans le hall, et on lui a raconté la scène. Il a hoché la tête, approbateur. Et puis Phillip est allé acheter des cigarettes à l'accueil, et j'ai demandé à Al ce qu'il comptait faire des cartes vierges.

« Rien du tout. Phillip refuse que j'embarque sur le même bateau que lui, alors ça ne servirait à rien. »

J'ai haussé les épaules, soulagé.

Phillip est revenu, et on a jeté un coup d'œil au tableau des mouvements portuaires.

« On va trouver notre bateau aujourd'hui ou demain », j'ai dit, « je le sens dans ma carcasse ».

Al ne quittait pas Phillip des yeux, et Phillip faisait comme s'il n'était pas là. Il a fini par lui dire : « Au lieu de glander ici, pourquoi tu essaies pas de gagner de l'argent, cet après-midi ?

— Tiens, oui, c'est une idée, ça, a dit Al. Je pourrais peut-être aller bosser pour la vieille Mrs Burdett.

— C'est ça, vas-y », a dit Phillip, sur quoi Al est parti.

Phil et moi on a grignoté en buvant une bière à l'Anchor, on a attendu que s'ouvrent des emplois dans le hall, on a lu, fait la sieste sur les bancs, si bien qu'il était presque l'heure de la fermeture, une fois de plus. On avait laissé passer plusieurs emplois sur les pétroliers parce qu'on voulait un cargo. Maintenant que nos cartes étaient valides, on faisait la fine bouche ;

les pétroliers qui allaient en France restaient au large : pas moyen de se faire la belle.

Allen est rentré juste avant cinq heures, et il nous a montré un billet de dix dollars.

« Dis donc, dis donc, a lancé Phillip, tu vas pas me raconter que tu les as gagnés. »

Al a sorti deux reçus du Mont-de-Piété pour deux petits brillants. Phillip a voulu savoir où il s'était procuré ces brillants.

« J'ai fait de la peinture pour la vieille Mrs Burdett pendant qu'elle promenait son chien ; je les ai trouvés dans le tiroir de la commode. Ses deux chats m'ont vu.

— Cette vieille Mrs Burdett de Memphis, celle chez qui tu vas boire le thé quand t'es à sec ?

— Oui, c'est une vieille amie de la famille.

— Bien joué, a dit Phillip. Allons les dépenser, à présent.

— Pas de bateau ? s'est enquis Al avec enjouement.

— Demain il fera jour », a répondu Phillip.

On s'est d'abord arrêtés à l'Anchor, et on a pris un whisky-soda chacun. Le bar était bondé de marins qui venaient de se trouver un poste et qui faisaient des provisions de biture en prévision de la traversée.

On a décidé d'aller voir un film français sur Times Square, et on a pris le métro. Quand on est arrivés, on a cherché un bistrot où manger des spaghetti à l'italienne, et on y est entrés.

Al et moi, on a pris des bières, et Phillip un

sherry. Il avait acheté *P.M.* et regardait la carte des opérations militaires, tout en buvant son sherry et en parlant du front. Voilà nos spaghetti qui arrivent, je vais jusqu'au comptoir prendre le moulin à paprika pour épicer ma bolognaise.

Après manger, Phillip pousse le moulin à paprika vers Al, et il dit à haute et intelligible voix : « Vas-y, Allen, fais-nous voir comment tu ingurgites une cuillère à soupe de cette came. Keats l'a fait.

— Euh, a dit Allen, je suis pas sûr...

— Ça nettoie l'estomac », a dit Phil, assez fort pour que la table à côté l'entende. « Ça va cautériser tes ulcères. Si Keats a pu, pourquoi pas toi ? »

Alors Al a pris la grande cuillère dans laquelle on enroule les spaghetti et il a donné un tour de moulin dessus. Il a avalé une grosse bouchée, et l'a gardée en bouche. Ses yeux se sont mis à larmoyer ; il essayait de sourire.

« Tiens, a dit Phillip en poussant un verre dans sa direction. Bois un coup, ça aggrave. » Moi j'ai tendu un bout de pain à Al en lui disant : « Fais passer avec du pain.»

« L'eau aggrave la brûlure, a insisté Phillip, le pain c'est de la triche. »

Alors Al a bu, et ça le brûlait tellement que ses joues ruisselaient de larmes. De temps en temps, il secouait la tête en faisant « Pfiou ! » et il souriait à Phillip. Ça devenait vraiment gênant, j'ai insisté pour qu'il mange du pain.

« Ça rime à rien », j'ai dit. Mais ni l'un ni l'autre ne m'écoutait.

C'est comme ça qu'Al a continué à dire « Pfiou ! » et à sourire à Phillip, comme un supplicié au bûcher qui dirait : « Qu'est-ce que ça fait mal » à ses bourreaux.

La plaisanterie a fini par épuiser son intérêt, on s'est levés, et Al a payé l'addition.

Comme on sortait du bistrot, Phillip a pris un long macaroni dans la vitrine et il l'a brandi comme une canne. Une fois sur le trottoir, il se l'est posé contre la braguette, pour faire croire que c'était un jet de pisse étincelant. Dans la cohue du soir, les hommes le regardaient fixement jusqu'à ce qu'ils s'aperçoivent que c'était un macaroni. Les femmes tournaient la tête, en faisant semblant de rien. Il est allé jusqu'à l'Apollo dans la posture du gars qui pisse en marchant.

Al a pris les places, et on est entrés dans le cinéma. On s'est mis au balcon pour pouvoir fumer, et on a regardé le film.

Dans l'alcôve, à droite, il y a souvent une bande de pédés qui traînent ; ils passent la moitié du temps à regarder le film, et l'autre à guetter le bon coup sur les rangées. Ils étaient bien là, et ils nous ont regardés de côté quand on est arrivés, si bien que Phillip s'est précipité vers le seau de sable qui sert de cendrier en tenant le macaroni contre sa braguette comme pour pisser dessus abondamment. Les fiottes se sont carapatées façon écrevisses.

On est donc descendus occuper le premier rang de balcon, et allumer nos cigarettes.

Quai des Brumes, c'est l'histoire d'un déserteur français qui se retrouve au Havre, pour fuir à l'étranger. Tout est prêt, il a son passeport, il a embarqué, mais il lui prend l'envie de retourner à terre voir sa fiancée une dernière fois avant de lever l'ancre. Résultat, un gangster lui tire dans le dos. Dans la dernière scène, on voit le bateau quitter Le Havre sans lui.

Pendant toute la séance, Al, qui était assis entre Phillip et moi, n'a pas dit un mot. À la fin du film, je me suis tourné vers lui en lui demandant si ça lui avait plu.

« C'est le plus beau film que j'aie vu de ma vie », il a répondu. Il avait les yeux humides.

On a vu un deuxième film, anglais celui-là, et au milieu Al est allé chercher des cartons de lait chocolaté. Phillip s'est jeté sur le sien et l'a descendu sans un mot. Moi, j'ai dit merci.

Après la séance, on est allés vers la Huitième Avenue, histoire de boire un pot.

À peu près au niveau de la 42e Rue, il y avait un vieillard maigre aux cheveux blancs, planté sur le trottoir, mains jointes, yeux tournés vers le ciel. De temps en temps, un passant s'arrêtait et suivait son regard. Découvrant qu'il n'y avait rien là-haut, il passait son chemin sans commentaire ni mimique particulière. Mais la plupart des gens ne voyaient même pas le vieux. Il priait, sans doute.

À peu près au niveau de la 43e, on est entrés

dans un bar. Il y avait des individus louches, costards sombres, cheveux gominés, un joueur avec une cravate voyante et une bagouse en diamants, quelques putes, deux-trois pédés, et des foules de soldats. Dans ce décor, ces jeunes recrues faisaient tache ; on aurait dit qu'ils venaient d'envahir un pays étranger, des ruines.

On est restés un petit moment, à boire de la bière, parce qu'on ne voulait pas être ivres, et puis on est partis, et on a pris le métro pour rentrer à Washington Square. Tout à coup, Al était un peu nerveux, parce qu'il savait qu'il ne serait pas le bienvenu à l'appartement 32.

À notre arrivée, on a trouvé Janie et Barbara. Elles venaient de boire un café au Waldorf, après nous avoir attendus des heures, Phillip et moi ; autant dire qu'elles n'étaient pas de très bon poil.

« Où vous étiez passés, bon dieu ? » a voulu savoir Janie.

Je me suis assis dans un fauteuil, le chat sur les genoux ; Phil s'est mis sur le canapé à côté de Barbara, et Al a pris le repose-pieds blanc, au milieu du séjour, en souriant à tout le monde. Quand Janie s'est levée pour chercher à manger au chat dans la cuisine, il a fait un bond en lui demandant : « Je peux t'aider ? »

Devant la tension et la mauvaise humeur ambiante, j'ai mis la radio à fond, musique de danse. Barbara faisait la tête, Phil feuilletait *Sanctuary* de Faulkner ; je suis allé me coucher sur l'autre canapé, et j'ai piqué un roupillon.

Je me suis réveillé juste à temps pour entendre Janie gueuler : « Rentre chez toi ! » à Al, en lui balançant un livre à la figure. Il l'a reçu sur l'épaule. Barbara était déjà rentrée chez elle, et Phillip était étendu sur le canapé. La porte de la chambre a claqué derrière Janie.

Al a regardé Phillip d'un air interrogateur.

« Tu ferais pas plus mal, a dit Phillip.

— Bonne nuit, alors », a dit Al en quittant l'appartement.

Je suis entré dans la chambre, en fermant la porte derrière moi.

« Lui, là, à côté, tâche de l'avoir à l'œil », a dit Janie pendant que je me déshabillais.

« Qui ça ?

— M. Phillip.

— Qu'est-ce que tu lui reproches ?

— Tu sais pourquoi il veut embarquer avec toi, quand même ? »

J'ai jeté mon pantalon sur la chaise : « Non, pourquoi ?

— Parce qu'il est pédé, et qu'il veut te mettre.

— Quoi ?

— Fais pas l'étonné. Un de ces soirs, il va te sauter dessus, et tu verras que j'avais raison. »

J'ai soupiré et secoué la tête en lui jetant un regard de pitié.

« Ramsay Allen le connaît mieux que toi, alors tu peux toujours faire celui qui sait tout.

— T'es dingue.

— Ça fait un an que tu vis avec moi, que tu me promets de m'épouser, je te donne de l'argent, et voilà que tu te mets à traîner avec une bande de pédés et à pas rentrer de la nuit !

— Alors c'est Ramsay Allen qui te susurre ces trucs-là dans le tuyau de l'oreille. Mais il dirait n'importe quoi, il ferait n'importe quoi pour empêcher ce voyage, tu le sais pas, ça ? »

Janie s'est mise à gueuler. « D'ici que j'apprenne que t'es devenu pédé, y a la largeur de la rue, peut-être même que tu l'es déjà.

— Qu'est-ce qu'il te prend, de croire tout ce que te raconte Allen ?

— T'as baisé avec cette garce d'Helen, tu lui as donné du fric, alors que tu me donnes jamais un rond, à moi.

— Allons bon, d'où ça sort, cette histoire ?

— Tu me prends pour une gourde, tu crois que je vois pas ce qu'il se passe ?

— Mais quoi ?

— Tu vas partir à Reno avec ce joueur, Dennison, voilà. Tu crois que tu vas te débarrasser de moi aussi facilement ? Ça va pas se passer comme ça !

— Enfin, pour l'amour du ciel », j'ai dit.

J'ai à peine eu le temps de me détourner : elle levait le genou pour me donner un coup dans les parties. En plus, elle m'a cogné en pleine figure, avec ses jointures maigres et dures. Alors je lui ai mis une beigne du plat de la main.

Il y avait un gros cendrier plein de cendres et de mégots sur la petite table de nuit, plus des bouquins, des papiers, un réveil, un paquet de cartes et un flacon de talc. Janie a heurté le bord de la table en tombant, et l'a entraînée dans sa chute, si bien que tout s'est renversé sur elle. Couchée par terre, elle crachait des mégots, et elle avait de la cendre et du talc plein la figure, sa robe remontée au-dessus des genoux.

« Espèce de salaud », elle a gueulé, « tu veux flétrir ma beauté ».

J'ai préféré passer dans la pièce à côté.

Phil s'était assis sur le divan. « Chéri », il a dit tout fort, « mon amour pour toi éclate au grand jour !

— Ta gueule ! » j'ai dit, « pour l'amour du ciel ! ».

On entendait pleurer dans la chambre.

Au bout d'un moment, je suis allé retrouver Janie. Elle était restée assise par terre. Alors je l'ai traînée sur le lit, et je me suis mis à l'embrasser.

Quelques minutes plus tard, elle se levait et se remaquillait. Elle s'est rassise sur le lit avec moi, et elle a déclaré : « Quand tu rentreras de ce voyage, on prendra un autre appartement. »

Le lendemain matin, Phillip et moi on a réussi à se lever pas trop tard, et Janie, qui avait oublié ses griefs, nous a préparé des œufs au bacon avant de nous pousser gentiment dehors : elle allait passer la journée à faire le ménage.

Juste avant la fermeture, on s'est trouvé notre fameux bateau, Phil et moi. C'était le S.S. *Harvey West*, un Liberty ship, amarré à Hoboken.

« Soyez là-bas demain matin à huit heures, avec toutes vos affaires », a dit le dispatcher.

On est retournés dans le bureau, prendre nos fiches d'embauche.

« Ce coup-ci ça y est, a dit Phillip.

— Ouais », j'ai répondu, « ça s'arrose ».

11

WILL DENNISON

Vendredi soir, en rentrant du travail, j'ai retrouvé Helen, et nous sommes allés chez moi. Mais Al, Phillip et Ryko m'attendaient sur le pas de la porte. J'ai salué Al, et j'ai regardé Mike et Phillip d'un air écœuré, sans rien dire.

« On embarque demain, a dit Phillip. On est inscrits sur un bateau et on doit se présenter au quai demain matin.

— Sans faute, cette fois ? » j'ai demandé. « Je commence à en avoir marre de vos faux départs.

— C'est du sûr. Et donc, compte tenu du fait que nous partons, si tu nous emmenais tous dîner, dans un élan de générosité ?

— Si j'étais absolument certain que vous partiez, je vous emmènerais au Colony's... mais comme ce n'est pas le cas, on va couper la poire en deux, et manger chez moi. » J'ai pris l'escalier avec Helen, et ils nous ont suivis.

Helen a réussi à souffler le fauteuil à Phillip. Je suis allé prendre un bout de papier sur mon bureau, en disant : « Je vais faire une liste.

— Si on prenait des steaks, a dit Al, j'en ai vu dans Bleecker Street.

— D'accord, avec un litre de Dubonnet et de l'eau de Seltz. » J'ai ajouté : « Et puis du bleu, du pain italien, du beurre, des pommes, et n'oublie pas la glace, pour le Dubonnet », en lui tendant la liste.

« Du rhum, peut-être ? a dit Phillip.

— Non, le Dubonnet c'est mieux, en été. Et en plus, le rhum c'est trop cher.

— Ce que tu peux être petit-bourgeois, Dennison ! a dit Phillip. C'est vrai, quoi. On embarque demain, peut-être que tu nous reverras jamais.

— Moi je suis un Rimbaud embourgeoisé, et si vous ne revenez jamais, vous resterez dans mon souvenir tels que je vous vois aujourd'hui. »

J'ai donné dix dollars à Al, et Phillip s'est mis à farfouiller dans mon meuble en disant qu'il voulait se mettre en short.

« Oui », a dit Al avec un bond qui a fait grincer ses articulations, « ça c'est une idée formidable ! ».

J'ai tenu Phillip à l'œil le temps qu'il trouve deux shorts que je mets parfois pour aller faire du sport en salle, et ils se sont changés au beau milieu de la pièce.

« Ne vous gênez surtout pas pour moi, les gars, a dit Helen.

— Dites voir, vous avez l'intention de vous promener dehors dans cette tenue ? » j'ai dit.

« Bien sûr », a répondu Al.

Je me suis tourné vers Ryko : « Tiens, prends les dix dollars; il vaut mieux que ce soit toi qui te charges des courses, ils vont se faire coffrer pour attentat à la pudeur, ces deux crétins. »

Ryko a empoché les dix dollars et la liste, et ils sont partis tous les trois. « N'oubliez pas la glace ! » j'ai lancé au moment où ils disparaissaient.

J'ai accordé toute mon attention à Helen, mais elle répétait qu'ils allaient rentrer d'un instant à l'autre, et j'ai dit que je m'en fichais totalement. Alors elle a dit : « Après tout... » d'un air de petite fille sage, ce qui m'a écœuré.

Quelques minutes plus tard, Phillip revenait avec la bouteille d'apéro dans un sachet.

« Et la glace ? » j'ai dit. « Et l'eau de Seltz ? Ça se boit pas sans glace ni eau de Seltz.

— Oh, la glace, j'ai envoyé Al la chercher, tu comprends, ça se vend en gros blocs, c'est lourd. Ryko rapporte tout le reste. » Il farfouillait dans le tiroir du bureau : « Il est où, bon dieu, le tire-bouchon ? »

Je lui ai dit qu'il n'y en avait pas, et qu'il fallait monter en emprunter un à la propriétaire, sur quoi il est sorti.

On frappait du bout du pied à la porte, j'ai ouvert : c'était Ryko avec des paquets plein les bras. « Seigneur, ils m'ont fait honte, ces deux-là, avec leurs shorts sur le macadam. Dans Bleecker Street, j'ai cru que les Mex allaient nous chercher des noises. Ils les ont sifflés ! »

Je me suis mis en devoir de sortir les commissions des sachets. Il y avait plusieurs steaks épais, superbes, du fromage bleu luisant de fraîcheur, un petit sac de pommes, une longue miche de pain italien. J'ai brandi le sachet de pommes en disant : « Ça va très bien avec le fromage. »

Ryko m'a lancé : « Ouais » en s'asseyant sur le canapé.

Phillip est revenu avec le tire-bouchon ; j'ai dit : « Laisse-moi faire », j'ai coincé la bouteille entre mes genoux, et le bouchon a fait « pop ».

Phillip a dit : « Al est pas encore rentré avec la glace ? Qu'est-ce qu'il fiche ? »

Helen fumait, jambes croisées sur le fauteuil, on voyait ses cuisses. Je me suis assis pour lui frotter la jambe. Phillip lui a demandé une cigarette, qu'elle lui a donnée en tendant le paquet à bout de bras. Il l'a prise en lui disant merci, mais elle a tourné la tête sans répondre.

C'est alors qu'Al est arrivé, en poussant de l'épaule la porte entrouverte. Il s'est précipité jusqu'à l'évier pour y laisser tomber le pain de glace entortillé dans du journal. Il se frottait les mains, engourdies de froid, et il est allé les poser sur Phillip par jeu, mais Phillip s'est dérobé en se tortillant.

J'ai dit : « Et l'eau de Seltz ? »

Ryko s'est levé en disant qu'il allait la chercher. Alors je me suis approché de l'évier pour découper la glace avec un couteau à lancer qui me servait à tout, et j'ai mis des glaçons dans tous les verres. Ensuite, j'y ai versé un trait de Dubonnet. Le temps que ces opérations soient finies, Ryko avait rapporté l'eau de Seltz, si bien que j'en ai envoyé une giclée dans tous les verres.

« Chacun se sert ! » j'ai dit en sautant sur le verre le plus rempli ; par la même occasion, j'ai tendu le sien à Helen. J'avais soif, moi, d'avoir travaillé toute la journée. Je me suis resservi avant même que les autres aient trempé les lèvres dans leur verre.

J'ai marqué un temps à mi-verre pour demander : « Qui va faire cuire les steaks ? »

Al a dit qu'il s'en chargeait. Il y avait une cuisinière à gaz sur le palier du dernier étage.

Phillip a dit : « On peut faire confiance à Allen, notre mère à tous. » Puis il a pris un steak sans son papier autour, et il a franchi la porte, en faisant signe à Al avec sa main libre.

Al a pris les autres steaks et du beurre, et l'a suivi d'un bond.

Moi j'ai fini mon verre, et je m'en suis versé un autre. Ryko lisait T.S. Eliot sur le canapé, et j'ai commencé à flirter avec Helen, en glissant ma main sous sa robe. Elle ne portait pas de combinaison, mais elle m'a bloqué la main avant que j'arrive à destination.

Au bout de quelques minutes, Phillip est redescendu et s'est assis par terre avec son *Europa*.

« Tu devrais lire la scène du fouet », j'ai dit, « c'est le seul bon passage du bouquin ».

« Al est tout seul là-haut ? a demandé Ryko.

— Comment veux-tu que je le sache, puisque je suis ici », a répondu Phillip.

Ryko s'est levé.

« Où tu vas ? » j'ai demandé.

« Je monte l'aider », il a répondu en quittant la pièce.

Une minute plus tard, Phillip refermait son livre sèchement et le rejoignait.

Je nous ai versé deux Dubonnet, un léger pour Helen, un bien tassé pour moi : je voulais être sûr d'avoir ma dose.

Ryko a fini par redescendre avec un morceau de steak sur une assiette, qu'il a posée sur le bras de mon fauteuil. « Belle bête, non ? » il a dit, et j'ai répondu : « Ouais. »

Je ne voyais de couteau nulle part, et mon couteau à lancer n'est pas assez aiguisé pour couper quoi que ce soit ; j'ai donc déchiré un bout de viande pour Helen et un autre pour moi. Ryko a fait de même, et on s'est mis à manger. Ma viande n'était pas assez salée, alors je suis allé chercher du sel sur la glacière.

Pendant que j'y étais, j'ai sorti le pain de son papier, et j'en ai rompu un morceau pour Helen et Ryko, tout en enfournant une bouchée de ma main libre. Je commençais à me sentir un peu éméché, et j'avais une faim de loup.

C'est alors qu'Al et Phillip sont arrivés, Al avec une grande poêle où grésillaient encore deux steaks. Il l'a posée sur la plaque, pour la laisser refroidir, après quoi il a versé un verre à Phillip et le lui a tendu.

Une fois la poêle un peu refroidie, Al l'a posée par terre, et Phillip et lui se sont assis face à face en tailleur, les steaks entre eux. Et puis Phillip s'est mis à grogner comme un fauve, en prenant un gros morceau de steak, qu'il a déchiré à belles dents. Al a tendu la main vers sa viande, et Phillip a fait mine de lui décocher un coup de griffe, en grognant. Le sang de la viande leur dégoulinait le long du menton, jusque sur les jambes.

J'ai dit à Ryko : « Tu as les a vues, dans *Life,* les photos du lion qui a tué son frère parce qu'il lui disputait sa viande ? On voit d'abord le steak jeté dans la cage, et puis l'un des deux lions l'attrape entre ses dents et le traîne dans un coin, si bien que l'autre bondit pour le lui souffler, mais le premier lui allonge un coup de patte sur la tête, et il lui brise la nuque. Dans la dernière scène on voit le lion les quatre fers en l'air. » J'ai levé les mains pour imiter le lion raide mort.

« Ouais ? a dit Ryko. Ça devait être bonnard. »

Je me suis dit qu'il valait mieux que j'entre dans ce jeu si je voulais avoir ma part, alors je me suis mis à grogner, montrer les dents, et j'ai déchiré un bout de viande. À part Helen, tout le monde grognait, et, selon moi, c'était Phillip le plus convaincant.

Il ne restait plus de steak, alors j'ai sorti le fromage ; j'en avais marre de faire le lion, d'ailleurs. On a mangé le fromage, avec les pommes et le pain italien, ce qui se marie idéalement.

Après, on s'est détendus, on a grillé des cigarettes, et quasiment fini le Dubonnet.

Helen s'était assise sur mes genoux, je commençais à bander. À l'autre bout de la pièce, Ryko reluquait ses jambes.

« T'es mignonne », je lui ai chuchoté à l'oreille.

On est restés comme ça encore un moment, et puis elle a fini par se lever en disant qu'il fallait qu'elle rentre chez elle dans le Queens, et elle a rajusté sa robe tire-bouchonnée en la tirant sur ses hanches.

« Laissez la porte ouverte, a dit Al, on manque d'air, ici. »

Dans le couloir, je lui ai demandé si elle voulait bien me retrouver au Chumley's, lundi soir ; elle a dit : « Oui, si tu es tout seul », et elle est descendue.

Je suis rentré dans la pièce et j'ai commencé à déambuler. Je portais ma vieille veste en seersucker, qui avait un trou au coude, mais pas plus gros qu'une pièce de dix cents. Et voilà Phillip qui met l'index dedans et qui la déchire tout du long. Le bas de la manche se détache. Alors Al bondit comme un chacal, et il se met à la déchirer par derrière. Elle était tellement usée qu'elle se lacérait comme du papier. En moins de deux, je n'avais plus que des lambeaux sur le dos.

J'ai donc retiré ce qu'il restait de ma veste, et je me suis assis pour essayer de tresser cette charpie, d'en faire une longue corde. Phillip m'a aidé, puis Al s'y est mis aussi. On a fabriqué un grand cordon en fibres-de-veste, et on l'a fait courir le long du mur, comme une guirlande. On a contemplé notre œuvre, tous les quatre.

Au bout d'un moment, Phillip a voulu sortir boire un coup. J'ai décidé de ne pas me joindre à eux, sachant bien que ce serait encore moi qui régalerais, et Phillip a dit : « Oui, Dennison, pourquoi tu nous invites pas au bordel ? »

J'ai répondu : « Mais qu'est-ce que vous avez, les jeunes ? Vous êtes pas fichus de lever des femmes ? Avec toutes les petites étudiantes qui traînent à Washington Square, du jus plein les cuisses ? Bon sang, quand j'avais votre âge, moi, j'étais un taureau ! Si ça me prenait, je pourrais vous en raconter qui vous feraient raidir la queue ! » Je m'amusais à boiter comme un vieillard, en mettant une bourrade dans les côtes de Phillip avec un rire cassé.

Puis je me suis relevé et, abandonnant mon personnage de vieux, je lui ai dit : « Pourquoi tu baises pas Barbara ?

— Je sais pas, elle est vierge.

— Tu vois, Phillip, a dit Al, moi je ne crois pas que tu aies vraiment envie de la baiser. »

Phillip l'a regardé : « Non, c'est pas ça, mais elle sait pas ce qu'elle veut. Elle sait pas où elle en est. »

Ryko a lancé du fond de la pièce : « Ça fait des mois que vous vous pelotez, qu'est-ce que tu attends pour la grimper et la baiser ? »

Al a ignoré cette remarque, et il a regardé Phillip d'un air sérieux : « Je ne vois pas pourquoi il faut toujours que vous vous mettiez dans ces relations sentimentales emberlificotées, avec les femmes. Vous ne pouvez pas avoir des rapports simples, avec elles ? »

« Ouais », je me disais en moi-même, « pourquoi on n'arrivc pas purement et simplement à s'en passer ? ».

Puis j'ai dit, en imitant Lionel Barrymore : « Al a raison, mon enfant. Les femmes sont la racine du mal. »

On a entendu glousser dans le couloir, et une boulette d'un dollar est venue atterrir dans la pièce, au pied de Ryko.

« C'est l'argent du bordel, a dit une voix de fille.

— Janie ! a dit Ryko. Elle est avec Barbara. » Il s'est levé d'un bond et s'est précipité vers la porte. On a entendu courir dans l'escalier. « Hé, vous allez où comme ça ? » il a crié.

Phillip et Al s'étaient levés. Al regardait Phillip, ne sachant trop que faire. Ryko était déjà dans le couloir, et, un instant plus tard, on l'a entendu crier : « Hé, Phil, grouille, elles se sauvent, elles sont dans la rue ! »

Phillip est sorti, Al sur les talons. Je me suis levé, et j'ai regardé vers le bas de l'escalier.

Phillip hélait Ryko, qui avait atteint la porte d'entrée de l'immeuble : « Tu les vois ?

— Non, a crié Ryko, je les vois plus, elles sont parties vers la Septième Avenue.

— Bon, eh bien si elles sont parties, mieux vaut passer à autre chose. »

Phillip s'est retourné pour lui lancer avec humeur : « Va te faire foutre, vieille pédale ! », sur quoi il a foncé dans l'escalier.

Après avoir hésité un instant en évitant mon regard, Al les a suivis en dégringolant les marches quatre à quatre.

Je suis rentré, et me suis mis à la fenêtre. Ryko attendait, au coin de la rue, en criant à Phillip de se grouiller. Ils ont tourné, et j'ai vu Al les suivre promptement de ses longues enjambées élastiques.

J'ai fini le doigt de Dubonnet qui restait, j'ai fermé la porte et je me suis assis dans le fauteuil pour fumer. Je me disais qu'il était l'heure de se laver les dents quand on a sonné. C'était Phillip et Al.

« Tu me prêtes cinq dollars ? m'a demandé Phillip.

— Pour quoi faire ?

— Il me faut un taxi, pour suivre ces donzelles.

— Écoute, Phillip, je suis désolé, mais là tu tombes mal. » Je trouvais toute cette histoire débile, et son ton péremptoire m'avait déplu.

« Tu les as », il m'a dit, « allez, file-les-moi.

— Désolé », j'ai dit, froidement, sèchement.

Voyant que je ne céderais pas, il s'est levé : « Bon, ben si tu veux pas me les prêter, il va bien falloir que je les trouve ailleurs.

— C'est ça », j'ai dit.

Al n'avait pas soufflé mot. Phillip est sorti, et Al m'a dit au revoir à la porte.

12

MIKE RYKO

Phillip et Al sont rentrés de chez Dennison, et Phillip a dit qu'il n'y avait pas eu moyen de lui taper de l'argent. J'étais assis sur le lit de Betty-Lou, je lui faisais la conversation en admirant sa chemise de nuit orientale. Je venais de lui expliquer combien j'étais malheureux auprès de Janie, et de temps en temps je lui prenais la main.

« Il n'y a qu'à retourner au George's », j'ai dit, « elles y sont peut-être.

— Qui tu cherches ? m'a demandé Betty-Lou.

— Des amies », j'ai dit en me levant.

Al a engagé la conversation avec Betty-Lou, et au moment où elle s'apprêtait à sortir de son lit pour jouer les maîtresses de maison, Phillip est parti, suivi d'Al et de moi.

On a trouvé Barbara en train d'errer sur la Septième Avenue.

« Où est Janie ? lui a demandé Phillip. Qu'est-ce que tu fais là ? »

Barbara avait un peu bu, et elle a dit : « Au George's », si bien qu'on y est tous allés, et qu'on a trouvé Janie en compagnie d'un matelot qui lui payait des whiskys-soda. Barbara et Janie étaient sur leur trente et un, et un peu éméchées l'une comme l'autre.

Janie m'a accueilli avec un « Espèce de salaud », sur quoi on a bu quelques verres et décidé de courir au Minetta's.

Le matelot restait planté là. Il me regardait : « Qu'est-ce qu'il se passe ? » il m'a demandé.

« Il se passe que c'est ma femme », j'ai répondu, et on est tous partis.

En chemin, Al a dû marcher quelques mètres derrière. Janie et Barbara refusaient qu'il se joigne à nous, alors il nous suivait comme une ombre, à longues enjambées chaloupées.

À l'arrivée au Minetta's, on ne s'est pas mis à la même table. Janie refusait qu'il partage la sienne, et Barbara était allée s'asseoir à celle de Joe Gould, en compagnie d'une demi-douzaine de figures locales, si bien qu'Al s'est retrouvé tout seul à sa table.

Phillip était assis à côté de Barbara et, de temps en temps, il lui posait la tête sur l'épaule. Et puis tout d'un coup, notre conversation l'a rasé, et il est allé au bar tout seul, laissant Barbara avec Joe Gould et consorts. Aussitôt, Al l'a rejoint en commandant deux verres.

Janie et moi, on observait un silence maussade. Je lui en voulais de refuser qu'Al nous rejoigne. « Ce foutu pédé », elle répétait, à quoi je répondais invariablement : « Qu'est-ce que ça peut faire ? C'est un brave type », et elle : « Tais-toi, pédale. »

Puis Phillip est revenu du bar, un verre à la main, et il s'est assis auprès de nous. Al restait dans les parages, et je lui ai fait un sourire d'encouragement. Il s'est rapproché discrètement, et il a pris place près de Phillip.

« Toi, casse-toi », a dit Janie, et Al a battu en retraite vers le bar, sauf qu'une minute plus tard il était de retour, aux aguets derrière nous comme un serveur zélé.

Personne ne disait grand-chose, sauf Barbara qui semblait prendre plaisir à écouter Joe Gould et à se délecter du dialogue suggestif autour d'elle.

Et puis Phillip a voulu aller ailleurs, et Janie a voulu rentrer, alors que moi je serais bien resté pour boire toute la boutique ; Janie était pleine aux as, elle venait de toucher son chèque de rente. Finalement on s'est levés pour partir, mais Phillip s'est rassis, et j'ai couru au bar, commander des verres.

À ce moment-là, une bande d'habitués du Minetta's venait de sortir dans la petite rue, et s'était mise à exécuter un genre de ballet devant le bar. Phillip s'est assis en tailleur au beau milieu de la ruelle pour ne rien perdre du spectacle. Al s'est assis de même à ses côtés, se tournant vers lui de temps en temps pour lui faire part de ses commentaires.

Pendant ce temps-là, on avait éclusé un peu plus, Janie et moi, et un type est arrivé pour lui parler de son œuvre. Il avait trouvé une oreille attentive, parce qu'elle peignait elle-même, à ses heures perdues, si bien qu'il n'a pas tardé à l'inviter dans son atelier, pour lui faire voir ses toiles cubistes. Elle a accepté, mais l'artiste n'a pas été peu surpris de la voir inviter Phillip, Barbara et moi à la suivre.

Nous voilà donc tous partis en chœur, Al nous suivant comme une ombre. Entre-temps, d'autres personnes étaient venues grossir la troupe, tant et si bien que quand on est arrivés au studio, on devait être une bonne dizaine, en comptant Joe Gould et sa canne.

D'emblée, quelqu'un a allumé la radio, et on s'est mis à danser. Janie et moi, on s'est retirés dans une chambre, et on a commencé à flirter sur le lit, elle a dit qu'au point où on en était, on pourrait aussi bien copuler. Mais je n'y tenais pas, avec tous ces va-et-vient, ces gens qui traversaient la pièce pour passer dans une autre. Là-dessus, on a vu apparaître des litres de bière dans des cartons, et Janie et moi on est allés dans l'atelier proprement dit pour faire main basse sur un carton chacun.

On est retournés boire nos bières dans la chambre, et puis j'ai commencé à faire l'imbécile en passant par la fenêtre, et voilà qu'en moins de temps qu'il ne faut pour le dire, c'est Al qui rentre par cette même fenêtre : il était sorti chercher Phillip, et ne pouvait plus rentrer parce que la porte d'en bas était fermée.

« Où est Phillip ? » j'ai demandé.

« Je voudrais bien le savoir, justement », il a répondu.

J'ai passé la tête par la fenêtre pour voir par où il avait pu grimper : le studio se trouvait juste au-dessus d'un night-club nommé le Swing Rendez-vous, il avait escaladé la marquise.

Pendant ce temps, dans la pièce à côté, Barbara se livrait à un flirt poussé avec l'artiste, et Joe Gould était assis sur le lit avec une brune en pantalon. Il lui parlait avec le menton posé sur le pommeau de sa canne. Finalement, Barbara est sortie de la pièce, passablement échevelée, et elle s'est mise devant une glace. « Il l'a voulu, il l'a eu », elle a dit à Janie.

Le peintre a foudroyé Barbara du regard, puis il s'est approché de moi en disant : « Voilà une jeune personne qui a bien failli passer à la casserole. »

J'ai fait la mimique d'horreur attendue, et je suis allé regarder les œuvres du type. Al poussait toutes les portes pour retrouver Phillip. Il allait même jusqu'à ouvrir les placards et passer la tête dedans.

Sur tout le mur se trouvaient les toiles de l'artiste, couleurs vives et lignes géométriques, cubes, carrés, cercles.

« Ça te plaît ? » j'ai demandé à Janie, qui m'a répondu que les couleurs étaient réussies.

Là-dessus Phillip a reparu comme par enchantement, et on a décidé de retourner au Minetta's. L'artiste cherchait noise à tout le monde, et il a fini par ouvrir la porte pour nous mettre dehors, tous tant qu'on était.

On est sortis en file indienne, et il n'a pas arrêté de nous insulter. Il a dit que Barbara l'avait échappé belle, il a traité Al de pédé, et il a fini par se retourner pour choper un chat qui passait dans le couloir. Il l'a pris par la queue et l'a balancé dans l'escalier, mais le chat est retombé sur ses pattes, et il a décampé. Écœuré par ce geste, je suis remonté menacer le gars de lui en mettre une, mais il ne m'a pas entendu, alors je m'en suis tenu là.

On est retournés au Minetta's, qui était tellement bondé qu'on n'avait pas la place de se retourner. Pris dans la cohue, je gueulais ma commande, et j'ai fini par faire main basse sur quatre bières que le barman avait tirées. Entre-temps, Cathcart s'était amené, avec d'autres étudiants de la N.Y.U. ; je commençais à en avoir marre de ce boucan et de cette presse, alors j'ai décidé de rentrer.

En chemin, je faisais les deux côtés de la rue, et je suis tombé sur des tonneaux d'ordures vides. J'ai roulé sur l'un d'entre eux, et je me suis retrouvé dans l'égout. Ensuite, je me suis relevé, et je suis rentré, un peu groggy et en traînant la patte parce que je m'étais cogné le tibia.

Quand je suis arrivé à l'appartement 32, Phil et Barbara avaient pris le lit de la chambre, alors je me suis déshabillé, et je me suis affalé sur le canapé, où je suis resté un moment, à pédaler sur un vélo imaginaire pour rattraper la pièce.

Une minute plus tard, on a sonné, et j'ai entendu Phil crier depuis la chambre : « C'est la fête ! »

Avant que j'aie compris ce qui se passait, il s'était levé et il courait dans l'appartement nu comme un ver sur le tapis, pendant que la sonnette retentissait. Il a donc bien fallu que je me lève pour ouvrir.

C'était Janie et Cathcart, éméchés tous deux. Ils ont trébuché et sont tombés à mes pieds, pendant que Phil, dans une colère noire, se ruait dans mon repaire et claquait la porte derrière lui.

J'attrape Janie et je la jette sur le canapé. Et voilà Barbara qui sort de la chambre, enveloppée dans le drap ; elle s'approche de Cathcart, qui est assis sur l'autre canapé, à cuver sa cuite, et elle se laisse tomber sur ses genoux avec un sourire de demeurée. Elle se met à l'embrasser goulûment, il a l'air un peu abasourdi.

Pendant ce temps-là, Janie me martèle le crâne à coup de chaussure, alors au moment où Phil ressort de mon coin pour rentrer dans la chambre en claquant la porte de nouveau, je bondis éteindre la lumière, histoire que Janie ait plus de mal à viser ma tête.

Après ça, portes qui claquent, parquets qui grincent, cris et chuchotements à l'appartement : c'est le Bordel Infernal Maximal.

13

MIKE RYKO

Le lendemain, Phillip et moi, on s'est réveillés à midi. On avait déjà quatre heures de retard pour se présenter à notre bord, alors on a pris une douche, descendu toute la bouteille de jus de tomate qui était dans la glacière, on a attrapé nos sacs, et on est partis à toutes blindes, laissant Janie et Barbara endormies. Dehors, la chaleur de midi était torride.

On a pris le métro jusqu'à la 42e, et foncé jusqu'au terminus des cars, au coin de la rue, tout juste à temps pour sauter dans le bus d'Hoboken.

Là-bas, la ville était couverte d'un linceul de fumée grise brûlante qui provenait d'un incendie sur le front de mer. De temps en temps, dans cette chaleur de four, un éclat de suie tombait du ciel de cendre comme un flocon de neige noire.

Il nous a fallu prendre un autre bus pour parvenir au quai. La fumée y était plus dense encore, les yeux nous piquaient. On a traversé la rue pour atteindre le corps de garde au bout du quai, et on a laissé tomber nos sacs bruyamment. Un garde en uniforme est arrivé sans se presser.

« Le *Harvey West* », j'ai demandé en exhibant ma carte d'embauche et mon passe de garde-côte.

« Le *Harvey West*? Attendez une minute », a dit le garde, qui est rentré passer un coup de fil. Il est revenu en disant : « Le *Harvey West* a changé de dock ce matin. Il est au niveau de Montague Street, quai 4, à Brooklyn. »

Je me suis tourné vers Phillip avec un geste d'impuissance.

« Bon, s'il est à Brooklyn, y a qu'à aller à Brooklyn », il a dit.

On a donc repris nos sacs pour partir en traînant les pieds.

« Eh merde, on nous raconte qu'il est à Hoboken, et le voilà à Brooklyn. Le temps qu'on arrive à Brooklyn, tu vas voir qu'il sera à Manhattan. C'est vraiment le bazar partout. Viens, on va boire une bière.

— On n'a pas de quoi, a dit Phillip, et puis il y a pas de temps à perdre. »

On a demandé quel était le moyen le plus rapide pour retourner à New York, et on nous a dit de prendre le ferry.

On a laissé tomber nos sacs à nos pieds, et on s'est penchés sur le bastingage. Le ferry quittait le bord du quai, cap vers Manhattan, qu'on voyait étinceler sur la rive d'en face. À notre gauche, on a aperçu l'origine de toute cette fumée : un vaste hangar et un cargo battant pavillon norvégien étaient en flammes. L'entrepôt crachait d'épais nuages de fumée gris pâle, une fumée noire s'élevait du cargo. Il y avait des pompiers partout, armés de leurs jets qui avaient l'air de jouets, et qui n'aspergeaient pas davantage. Je me demandais comment le feu avait pris.

On approchait de Manhattan. Une brise rafraîchissante et iodée soufflait depuis le sud du fleuve. Le ferry s'est glissé à quai, en se frottant aux charpentes avec un grincement, et il a fait bouillonner l'eau pour se placer nez contre la passerelle.

On a pris nos sacs, et on s'est dirigés vers Midtown Est, en faisant halte dans un garage de la Dixième Avenue pour boire de l'eau. Il n'y avait pas âme qui vive, et les toilettes étaient introuvables, alors j'ai dévissé un tuyau branché à un gros robinet qui servait à laver les voitures, et l'eau nous a giclé dans la bouche et sur le visage. Toujours personne en vue, et j'ai dit à Phil : « Tu parles d'un garage, on devrait bien en profiter pour embarquer une ou deux clefs anglaises. »

On s'est dirigés vers la Huitième Avenue, et on a fait nos fonds de poches pour prendre le métro direction Brooklyn. On est descendus à Borough-Hall, mais comme on s'est trompés de trottoir il a fallu remonter une circulation bruyante avec notre barda sur les épaules, et le soleil qui nous écrasait comme un fer à repasser. On a fini par trouver Montague Street, qu'on a prise en direction de l'eau.

Au bout de la rue, il y a une voûte de pierre qui enjambe la chaussée à l'endroit où elle plonge vers les docks. On est passés dessous comme deux légionnaires qui aperçoivent le fort au terme d'une longue marche.

Arrivés au quai 4, j'ai dit au garde : « Il est ici le *Harvey West*?

— Oui, mon p'tit, tout juste. »

On lui a fait voir nos papiers.

« T'es chez toi, mon p'tit. »

On a traversé d'un pas martial le hangar frais et humide qui sentait le café en grains. Il y avait des dockers par centaines en train de charger les bateaux de part et d'autre du quai. On entendait crisser les winchs, et gueuler les contremaîtres; au détour d'un quai, on s'est retrouvés nez à nez avec une camionnette qui tractait un train de wagons, et elle a failli nous rentrer dedans.

« C'est lui? » m'a demandé Phillip en me désignant un bâtiment à droite.

Chaque fois que les portes du hangar à bateaux s'ouvraient, on voyait l'immense coque d'un Liberty ship striée de coulées de graisse et de rouille, pissant l'eau par ses dalots.

« C'est bien lui », j'ai dit.

« Qu'est-ce qu'il est gros! » s'est exclamé Phillip, ravi du spectacle, sur le chemin de la passerelle.

Et puis j'entends gueuler derrière nous, je me

retourne et je vois des matelots qui viennent vers nous avec leurs sacs en bandoulière, en nous faisant de grands signes de la main. J'en reconnais quelques-uns de Union Hall.

« Vous embarquez sur le *Harvey West,* vous autres ? nous demande l'un d'entre eux en laissant tomber son sac.

— Ouais », je fais.

Il dit : « Je me suis embarqué comme bosco, et vous autres ?

— Officier marinier et simple matelot.

— Ben alors, écoutez », il dit en regardant Phil par-dessus mon épaule, « l'équipage est presque au complet ». Il se retourne avec un geste vers les cinq gars derrière lui : « Eh ben, y en a aucun qui va signer tant qu'on saura pas le programme exact. »

« C'est quoi le problème ? » je demande.

« J'ai déjà navigué avec ce second, et je peux te dire que c'est un salopard. Rien de ce que tu fais trouve grâce à ses yeux. Alors voilà, le bateau remonte le fleuve jusqu'à Albany pour charger, et puis il redescend à New York, et de là il prend la mer. Or on est pas tenus de signer avant son retour, sauf que les tableaux d'ordre sont déjà rédigés, là-haut. Aucun gars n'a l'intention de signer tant qu'on n'est pas rentrés d'Albany, parce que le second, c'est une enflure, et on veut voir s'il nous traite correctement.

— D'accord, mais qu'est-ce qu'il va dire, le second ?

— On prend pas de risque, tous. Vous deux,

il vous suffit de faire profil bas et de la fermer. Le second est une enflure, et nous autres, on veut pas qu'il nous emmerde.

— Ben, ça nous va, je pense.

— O.K., dit le chef de manœuvre, on voulait juste vous en parler. Faites profil bas un moment, et ne dites rien.

— D'accord », j'ai dit. « Après vous. » J'ai laissé passer le chef de manœuvre, suivi des cinq gars et de nous deux.

Dès qu'on s'est retrouvés à bord, j'ai pris une coursive et j'ai mené Phil sur un poste avant désert. « On ferait pas plus mal de se bloquer les deux bannettes d'en bas », j'ai dit. « Balance tes affaires dans ce casier. »

Elle promettait, cette traversée, je le voyais d'ici. Les ennuis commençaient déjà.

« Maintenant je vais te faire faire le tour du propriétaire », j'ai dit à Phil.

Je l'ai emmené à la proue, et je lui ai dit de se pencher pour voir l'ancre et sa chaîne. Je lui ai montré la poulie maîtresse. « Ça pèse cinquante kilos, ce machin, et ça fait partie des joujoux avec lesquels on bosse sur le pont. »

Phil a mis une claque à la poulie, qui n'a pas bougé.

Ensuite je l'ai emmené sur le pont supérieur pour lui faire voir la timonerie, puis dans la cale, au frigo. Il n'y avait pas de cadenas sur la porte, alors on est entrés ; on a trouvé des rosbifs entiers et des litres de lait en boîte.

Phillip a déchiré un morceau de bœuf à

mains nues, et j'ai couru sur le pont supérieur chercher des verres ; une minute plus tard, je nous versais du lait froid mousseux.

« C'est de la balle », a dit Phillip.

À force de courir après le *Harvey West* en plein cagnard, on crevait de faim et de soif.

Une fois repus, j'ai ramené Phil aux couchettes, et on s'est déshabillés pour prendre une douche. Ensuite, on s'est séchés avec les serviettes propres que nous avait données le steward noir préposé à la lingerie, et puis on a fouillé dans nos sacs pour trouver des vêtements de travail propres, qu'on a enfilés.

« Quand est-ce qu'on bosse ? a voulu savoir Phillip.

— Sans doute pas avant demain matin », j'ai dit.

Je me suis couché sur mon lit, et j'ai allumé la veilleuse, au-dessus de l'oreiller. J'ai pris un livre et me suis mis à lire. « Tu vois », j'ai dit, « c'est comme ça qu'on fait, en mer : tu te couches sur ton lit et tu bouquines ».

En tendant la main, Phillip a attrapé un masque à gaz et un casque en acier en haut de son casier. Il a mis le casque en disant : « Ça va barder ! »

Là-dessus j'ai décidé qu'il était temps d'aller se présenter au second pour lui donner nos fiches d'embauche, alors j'ai dit à Phillip de m'attendre, et je suis allé au mess en éclaireur. J'y ai trouvé des fusiliers marins attablés, qui jouaient aux cartes en buvant des cafés.

« C'était où, le dernier voyage de ce bateau ? » j'ai demandé.

L'un d'entre eux, un blond costaud en short, m'a répondu : « En Italie. Cette fois, ça sera la France, je crois. »

Je suis remonté dans la cabine de réception du second. Personne. Alors je suis retourné me coucher. Tout d'un coup, j'ai réalisé que Phil avait dû baiser Barbara la veille.

« Dis donc, vous avez fini par le faire, hier soir, non ? » j'ai dit en applaudissant des deux mains. Phil avait exhumé des bouquins de derrière un casier, et il les balançait après un coup d'œil sur leurs titres.

« Ce soir », j'ai poursuivi, « on rentre à terre et on va voir nos petites ».

C'est alors qu'un rouquin d'un mètre quatre-vingt-quinze, avec un vieux treillis et une casquette d'officier crasseuse, se pointe dans notre chambre.

« Vos noms », il gueule.

Je les lui dis.

« Vous avez signé ?

— C'est maintenant ? » je demande, d'un air innocent.

« Ouais, on est en train.

— Ben euh, le bosco... et les autres gars..., ils disent comme ça qu'on le fera plus tard...

— Ah ouais », répond le géant rouquin, et c'est là que je réalise que l'enfoiré de second, ça doit être lui.

« Foutez le camp du bateau.

— Pourquoi ?

— Tu me le redemandes, je te jette par-dessus bord moi-même.

— Mais...

— Rien à foutre ! Et puis pour qui vous vous prenez, d'abord ? On monte à bord, on signe. Si vous voulez pas signer, foutez le camp.

— Le bosco... » je commence

« Rien à foutre du bosco. Cassez-vous, et il faudrait même mettre deux quarters dans la caisse, pour avoir pris une douche. »

Je m'assieds sur la couchette, pas décidé.

« T'entends ce que je te dis, fous le camp ! » il me gueule. « Les gars qui refusent de coopérer, j'en veux pas dans mon équipage.

— C'est vous, le second ?

— Ouais, c'est moi, le second.

— Eh ben, et le reste de l'équipage, alors ? J'avais cru comprendre que...

— Rien à foutre, casse-toi illico.

— C'est bon », je dis, « vous énervez pas ». Et je ramasse ma chemise. Phil est dans un coin de la chambrée, il regarde le second. Le second me jette un regard mauvais et s'en va.

Je bondis de ma couchette, saute sur la serrure et sors mon équipement. « Prends tes affaires », j'ai dit. « Pas question qu'on reste sur ce rafiot de merde. » Je sors mes deux sacs du casier et je les pose bruyamment sur le pont. Et puis je fonce par la coursive au mess des officiers.

Ils avaient sorti le tableau d'ordre sur les

tables, il y avait plusieurs officiers, des matelots en train de signer, et le commissaire du bord qui tirait sur sa pipe.

« Alors, Ryko et Tourian », il m'aboie, « c'est vous ?

— Oui, qu'est-ce qu'il se passe ?

— Il se passe rien, justement. Le chef a dit de vous rayer de la liste », précise-t-il en tournant la tête.

Je retourne prendre mes affaires, et je sors sur la coursive en gueulant : « Allez vous faire foutre, tous ! » en me dirigeant vers la passerelle, Phil sur mes talons.

Le bosco est devant.

« Vous descendez ? » il dit.

« Eh ben quoi, merde, tu nous as dit d'attendre, c'est quoi ce bazar ? »

Il me regarde d'un air vague ; il n'a pas l'air de savoir ce qui se passe, et il ne sait pas qu'il est à l'origine de tout ça, c'est clair.

« T'as signé ? » je finis par lui demander.

« À l'instant. »

C'est le bouquet ! Je descends la passerelle avec Phillip.

Le gars nous suit, et, sur le dock, il nous dit : « Écoutez, les gars, vous voulez signer et ils refusent ? O.K. Ça veut dire que vous allez au guichet du contentieux, à Union Hall, et que la compagnie vous doit un mois de salaire, vous voyez ? Le règlement syndical, c'est qu'un gars peut pas être viré quand il a eu son affectation. Vous me suivez ?

— Ouais », je dis avec une certaine lassitude.

Et le voilà parti à nous expliquer dans le détail les règlements, et que le mois de salaire nous était dû, et qu'il fallait râler tant et plus, vu que le second avait rien à nous reprocher.

Pour finir, je lui ai demandé de nous filer dix cents, qu'on rentre chez nous, il m'a tendu un quarter en me disant : « Faut pas que ce connard de second vous mette quoi que ce soit sur le dos. »

C'est comme ça que Phil et moi, on est partis par où on était venus.

Des dockers étaient en train de charger des tanks de l'armée américaine sur un cargo, et devant l'abri, un train de marchandises arrivait en crachotant, ses bennes chargées de tanks, de jeeps et de camions. Au ras du bord, il y avait une péniche à quai, à côté d'un autre Liberty ship, et une énorme grue hissait des canons anti-aériens sur la plateforme sur la passerelle volante du bateau.

Phil et moi, on a observé ce spectacle quelques instants, et puis on a repris nos sacs et on est partis.

Le soleil était encore chaud, et on s'est arrêtés à mi-chemin dans Montague Street acheter du soda orange dans une épicerie-bazar. On est allés s'asseoir sur nos sacs devant le magasin pour boire ce soda, qui était tiédasse et douceâtre.

« T'en fais pas », j'ai dit à Phil, qui avait l'air

inconsolable. « Lundi on ira râler au guichet du contentieux et on trouvera un autre bateau. »

Il n'a rien répondu, alors je suis entré dans la boutique, j'ai rapporté la bouteille pour la consigne, et on s'est dirigés vers le métro au niveau de Borough-Hall.

14

WILL DENNISON

Samedi, j'en avais déjà marre de mon boulot de détective. Le patron était un truand à la petite semaine et il n'arrêtait pas de rallonger mes journées en m'envoyant faire des courses prétendument sur le chemin de chez moi mais en fait à l'autre bout de la ville, je n'en finissais pas.

Je suis arrivé chez Al sur le coup de huit heures après l'une de ces expéditions avec détour dans le Bronx. On a décidé d'aller à Washington Square, souhaiter bon voyage aux matelots.

Quand on est entrés dans l'appartement 32, j'ai vu Barbara et Phillip couchés sur le canapé. Phillip torse nu, en pantalon de treillis de la Marchande, Barbara en combinaison. Ils étaient allongés, immobiles. Phillip a levé les yeux vers Al, d'un air maussade, et il s'est blotti contre Barbara.

Je suis passé devant eux pour aller à côté. Mike et Janie étaient dans la chambre. Mike a enfilé un pantalon de treillis, et il est sorti dire bonjour.

Je me suis assis et j'ai demandé : « Alors, à quelle heure vous embarquez, demain matin ?

— On n'embarque plus. On est virés.

— Virés ? C'est bien la première fois que j'entends un truc pareil.

— C'est pourtant comme ça. Quand on est arrivés à bord, le bosco nous a abordés en nous disant de pas signer, vu que le second était une enflure. Bon, alors nous, on est descendus, on a bu du lait, pris une douche, et en moins de deux, voilà le second qui rapplique. Un grand connard d'un mètre quatre-vingt-quinze, rouquin. Il nous dit : "Alors comme ça, les gars, vous arrivez pas à décider si vous signez ou pas ? Tirez-vous du bateau, putain, et je devrais vous faire payer la douche." Voilà comment il nous a virés. »

Janie est sortie de la chambre, en lançant : « Je le savais bien, qu'ils partiraient pas.

— On embarque lundi sans faute, a dit Mike.

— Tu parles ! » elle a répondu.

J'ai soupiré et demandé : « Vous avez mangé, vous ? »

Ils ont tous dit que non, et nous voilà partis dans l'éternelle discussion : manger dehors, ou rapporter à manger à la maison. « Sortons, a dit Janie, j'en ai marre de traîner dans cet appartement. On n'est pas sortis de la journée. »

Tout le monde s'est habillé.

On est allés dans un fast-food de la Sixième Avenue. J'ai commandé une glace, vu que j'avais déjeuné de bonne heure, et puis je me suis ravisé, et j'ai pris un poivron farci. Glace et poivron sont arrivés en même temps, le poivron passablement dégueu.

Phillip s'est assis en face de moi, le plus loin possible d'Al.

Après ce repas infect, que j'ai dû payer puisque j'étais le seul à avoir de l'argent, on s'est retrouvés sur le trottoir de la Sixième, au pied d'un haut grillage qui entourait le parc d'une résidence. Al a escaladé le grillage, et il s'est allongé dans l'herbe folle. Barbara s'est assise sur un banc, et Phillip s'est couché, la tête sur ses genoux. Des gens passaient dans la chaleur de la nuit.

Je parlais à Mike de la Marchande, et je lui demandais pourquoi il ne portait pas son uniforme, qui lui aurait donné droit à toutes sortes d'avantages.

« C'est un peu faux-cul, de faire ça », il a objecté.

« On vit dans un monde de faux-culs. »

Il a été question d'aller voir *La Grande Illusion*, mais Barbara a dit qu'elle l'avait déjà vu cinq fois, et qu'elle savait ce qu'Erich von Stroheim allait faire dans la scène suivante.

Le numéro tête-sur-les-genoux était terminé, le jeune couple s'était levé. Phillip parlait de son père, je l'ai entendu dire : « Le vieux devrait sortir d'ici un ou deux ans. »

On a décidé de traverser la rue pour boire des bières. En refranchissant le grillage, Al a glissé, et il est tombé de tout son poids sur le trottoir. Je l'ai aidé à se relever en lui disant : « Tu t'es fait mal ?

— Je crois que je me suis foulé la cheville », il a répondu.

Phillip et Barbara étaient déjà au milieu de la chaussée. On est entrés dans un bar, et on s'est assis au fond. Al boitait.

Il y avait un crétin ivre qui dansait devant le juke-box, alors après la première tournée, Janie a lancé : « Allons au Germania's, on aura de la bonne bière. » On a payé, et on est partis.

Je marchais devant avec Phillip et Barbara. J'ai demandé à Phillip quand il comptait trouver un bateau, et il m'a dit lundi. Ensuite on a parlé de Rimbaud. Barbara marchait sans dire grand-chose. Elle boudait, je pense. Al boitait avec application, trois mètres derrière nous, mais Phillip ne faisait pas attention à lui.

On est entrés au Germania's. Avant guerre, c'était un des bistrots les plus bruyants et les plus désagréables de New York. Il y avait des bandes de jeunes qui chantaient des chansons de potaches, ça se battait dans les toilettes des hommes, où des étudiants ivres se croyaient la proie de pédés dragueurs. À présent, le bar n'avait plus rien de spécial.

On s'est assis à une longue table, et on a commandé des bières, qui sont arrivées en bocks. Phillip s'était mis en face de Barbara, il tendait le cou vers elle, qui lui flattait la tignasse. C'était dégoûtant. Il a fini par se pencher pour lui prendre l'index droit dans sa bouche ; son vernis à ongles commençait à partir, et il l'écaillait du bout des dents.

Mike a de nouveau raconté comment le second les avait balancés du bateau. Janie a roté. Tous les autres bâillaient, se curaient les ongles, regardaient dans le vague.

À la fin, Barbara a dit qu'il lui fallait prendre son train pour Manhasset, et Phillip s'est levé pour l'accompagner au métro. Al lui a lancé un coup d'œil implorant, comme le chien qui veut accompagner son maître en promenade. Phillip s'est éloigné sans lui accorder un regard.

Mike était en train de décrire le naufrage du vaisseau S.S. *American Star*, qui transportait des troupes, dans l'Atlantique Nord. C'était un survivant qui lui avait raconté l'histoire, dans un bar, un soir, à Chicago.

« C'était affreux, avait dit le gars, il faisait noir, on n'y voyait rien, et moi j'étais sur un radeau avec le cuisinier nègre, et tout autour de moi j'entendais les soldats qui se noyaient appeler leur mère.»

15

WILL DENNISON

Dimanche, je n'ai pas vu Al avant six heures du soir, au moment où je me préparais à aller dîner. Il faut dire que je n'étais pas pressé de le voir commenter par le menu les événements de la veille.

Il dormait quand j'ai frappé chez lui. Il m'a dit d'entrer. Je l'ai trouvé couché, une couverture légère sur lui. Les stores étaient baissés, la pièce dans le noir. Je lui ai demandé s'il était prêt à dîner, et il a dit que oui. Là-dessus, il a refermé les yeux. Je me suis assis, j'ai allumé la lumière, et j'ai parcouru un numéro du *New Yorker* trouvé par terre.

Al a repoussé sa couverture, et jeté les jambes hors du lit. Il était tout habillé, à part ses chaussures. Il a bâillé et souri. Puis il s'est mis au lavabo, il s'est aspergé le visage et s'est peigné.

Je lisais une nouvelle dans le *New Yorker*, l'histoire de deux femmes au Schrafft's.

Al a mis une paire de godasses fendillées, et on est sortis s'acheter à manger. On s'est acheté des petits pains, des tranches de jambon, du fromage, des pommes et du lait dans une delikatessen de la Sixième Avenue, et puis on est rentrés manger chez lui.

Il m'a dit : « Tu sais, Dennison, elle me fait penser à un vampire, cette fille.

— Barbara? Ouais. Tu as vu comme elle a les lèvres rouges, et la peau blanche? Beurk, c'est malsain !

— Quand je suis entré dans la pièce et que je les ai vus allongés sur le canapé, j'ai eu l'impression qu'elle le vidait de sa substance.

— Il y a sûrement pas beaucoup de sexe entre eux », j'ai dit, « ça me fiche les chocottes.

— Il est tout pâle, il a l'air mal en point. »

On a mangé sans rien dire pendant un moment. J'anticipais le moment où il allait se demander pourquoi Phillip avait toutes ces histoires avec des femmes dont il n'était visiblement pas amoureux, et pourquoi il n'arrivait pas à l'aimer, lui, Al, sauf à penser qu'il l'aimait déjà, en fait, auquel cas il devrait bien le lui montrer. Al a effectivement comblé mon attente, et j'ai continué à manger.

« Je me demande si je ne devrais pas embarquer quand même, a poursuivi Al. Peut-être qu'il serait ravi de me découvrir à bord, en fin de compte.

— Je sais pas », j'ai dit. « C'est toi qui vois. Moi, je te conseillerais plutôt de rester ici, et de te faire de l'argent. Il sera de retour dans cinq ou six semaines. Si tu arrives à monter une affaire de marijuana pendant son absence, tu auras quelque chose à lui offrir.

— Je ne vois pas pourquoi l'argent devrait avoir une telle importance », a répondu Al.

N'ayant pas envie de revenir sur ce chapitre, je n'ai rien dit. Et Al a promis qu'il se mettrait en quête de graines de marijuana dès le lendemain matin.

On avait fini de manger, et Al a dit qu'il allait à Washington Square. Il m'a demandé si je voulais l'accompagner et j'ai répondu : « Non, j'y suis déjà allé hier soir.»

On s'est dit bonsoir sur la 52e, et il s'est dirigé vers la Cinquième Avenue pour prendre le bus. Moi je suis allé jusqu'à Broadway, et j'ai pris l'I.R.T. pour Sheridan Square.

Vers les dix heures, j'ai reçu un coup de fil de Danny Borman qui voulait savoir s'il pouvait passer. J'ai dit oui.

Dès que j'ai ouvert la porte, il s'est engouffré chez moi comme un gangster fébrile en délicatesse avec le milieu. Il s'est versé un trait de whisky et s'est mis à me raconter ce qu'il lui était arrivé la veille.

Il se trouvait dans un bar, et voilà qu'un gars exhibe une grosse liasse de billets. Danny engage la conversation, et bientôt ils partent chez le type en achetant une bouteille. Une fois chez lui, le gars raconte à Danny qu'il serait encore dans l'armée s'il n'avait pas été démobilisé pour blessures reçues dans le Pacifique. « Ouais, bien sûr, fait Danny. — Ah, tu veux pas me croire, dit le gars, je vais te le faire voir, que j'étais dans l'armée. J'ai ma réforme ici même. » Il se retourne, il farfouille dans un tiroir, et Danny lui file un coup d'abrutisseur. Le gars a la tête tellement dure qu'il la secoue simplement en gueulant. Danny se précipite vers la porte : tout l'immeuble est sur le palier, voir ce qui se passe. Alors il saute par une fenêtre, c'était un deuxième étage, et il prend la fuite, comme on dit dans les journaux. Mais il balance le nerf de bœuf.

Il était là, à tortiller son verre vide dans sa main, fébrile, découragé.

« Ça t'intéresserait de mettre le feu à une baraque, pour deux cents dollars ? » je dis.

Son visage s'est éclairé : « Bonne affaire ! »

Je lui ai donc parlé d'un type qui travaillait sur les chantiers navals, et qui pensait s'être fait rouler par une nana et sa mère. Il voulait mettre le feu à leur baraque, mais il pouvait pas le faire lui-même parce qu'on l'aurait soupçonné, alors il était prêt à payer un gars deux cents dollars pour s'en charger à sa place ; c'était une baraque en bois, quelque part dans Long Island.

« Il faut que la fille soit dedans ? Parce que s'il faut qu'elle soit dedans, je marche pas, deux cents dollars c'est trop peu pour brûler une nana vive, même si elle lui en a fait voir. »

Je lui ai dit que non, qu'elle serait pas chez elle, et que le gars le préviendrait quand elle serait sortie, justement.

« Ça baigne », a dit Danny.

Alors j'ai dit : « Attends une minute », et j'ai appelé le gars au téléphone, mais il était pas chez lui. J'ai donné le numéro à Danny, en lui disant de rappeler plus tard : « Tu n'auras qu'à dire que tu téléphones de la part de Will pour les travaux à domicile. Je lui ai promis que si je trouvais quelqu'un, je les mettrais en rapport. »

Danny m'a remercié et il a noté le numéro. Il m'a dit que quand il aurait touché l'argent, j'aurais ma commission.

Je me suis frotté les mains en disant : « À ton appréciation. Le job est facile, mais c'est pas dans mes cordes. » (Ce qui est dans mes cordes, c'est de laisser les risques aux autres, comme le père de Phillip.)

« Je suis sûr que le gars est réglo », j'ai ajouté, « et je sais où il habite. Tu n'auras pas de mal à te faire payer, mais demande tout de même un acompte de la moitié.

— Tu me connais, Will, a dit Danny en se levant pour partir. Tu sais, je suis vraiment désolé pour ta matraque.

— T'en fais pas », j'ai dit. « Je suis content que tu te sois pas foutu dans la merde. »

16

WILL DENNISON

Lundi matin, il pouvait être sept heures, j'ai été réveillé par un coup de sonnette. J'ai enfilé un short, et je suis passé dans la pièce à côté pour déclencher l'ouverture de la porte d'en bas.

« Qui est-ce ? » j'ai dit.

« C'est moi. »

C'était la voix de Phillip, et dès que j'ai ouvert, il s'est glissé chez moi prestement.

« Tiens », il a dit, « prends la dernière ».

Il me tendait un paquet de Lucky Strike taché de sang. Il restait une seule cigarette dedans.

« Je viens de tuer Al, et j'ai jeté son corps du haut d'un entrepôt. »

J'ai pris la cigarette et l'ai gardée en main.

Puis je suis allé m'asseoir sur le canapé, et je lui ai désigné le siège en face de moi. « Assieds-toi », j'ai dit, « raconte-moi tout ».

Il s'est assis en disant : « Il me faut cent dollars pour passer à l'étranger, je me tire au Mexique.

— Pas si vite, jeune homme », j'ai répondu, « qu'est-ce que c'est que cette histoire, avec Al ?

— Eh bien, Al et moi on buvait un coup au Minetta's, et puis on a décidé de sortir faire un tour. On passait comme ça sur la Deuxième Avenue, et on s'est introduits dans un entrepôt désaffecté, qu'on s'est mis à explorer. Moi j'ai trouvé une hachette, et j'ai explosé quelques fenêtres.

« Ensuite on est montés sur le toit. Al arrêtait pas de dire qu'il voulait embarquer avec moi. La colère m'a pris et je l'ai bousculé. J'ai cru qu'il allait passer de l'autre côté. Il m'a regardé en disant : "Je veux tout faire avec toi, écrire de la poésie, prendre la mer, tout." » Phillip s'est interrompu en me disant : « Je vois bien que tu me crois pas.

— Continue », j'ai dit.

« Bon, je lui ai dit : "Tu veux mourir ?" Et il a dit : "Oui." Il m'a balancé une ou deux vannes, et il a essayé de me passer son bras autour de la taille. Moi j'avais gardé la hachette, alors je lui en ai donné un coup sur le front. Il s'est écroulé. Mort. Maintenant file-moi cent dollars, il faut que je parte à l'étranger.

— C'est ridicule, ça va jamais suffire, cent dollars.

— Mais si, je vais faire du stop.

— C'est un coup à te faire cueillir à la vitesse grand V.

— Tu me crois pas ? Tu le sais pourtant, à force de tirer sur la corde, un jour, crac.

— Soit. Al est mort. Et après, qu'est-ce que tu as fait ?

— Ben, il continuait à me reluquer entre ses paupières, je lui ai dit : "Tu peux pas me mater comme ça, t'es mort." Je l'ai fait rouler dans le vide en le poussant du pied. Il y avait sept étages.

— On t'a vu ?

— Non, je crois pas.

— Mais on vous a vus quitter le Minetta's ensemble. » Je réfléchissais à toute vitesse, et le résultat était clair.

« Allez, file-moi les cent dollars ou je te bute, toi aussi. »

Je lui ai souri.

« Non, je ferais pas ça, mais s'il te plaît, donne-les-moi. »

Je n'ai pas répondu.

Il a sorti un mouchoir maculé de sang de sa poche. Dans un coin, on pouvait lire les initiales « R.A. ». Il me l'a fourré sous le nez.

« Tu le reconnais, ce mouchoir, non ?

— Oui », j'ai dit. « Il est à Al. Tu le gardes en souvenir ? »

Il m'a regardé avec une expression naïve, une expression de gamin, et l'a poussé vers moi.

« Tu le veux ? Je te le laisse ?

— Ah bon dieu, non ! Emporte-moi ça. »

J'ai passé mon peignoir et je me suis mis à arpenter la pièce.

« Qu'est-ce que je vais devenir si tu refuses de me donner du fric ? Je vais avoir droit à la chaise électrique. »

Je l'ai jouée Claude Rains, en m'approchant de lui. « La chaise électrique », je lui ai dit avec dérision, « allons donc ! Tu sortiras dans deux ans, au plus tard.

« Tu veux que je te dise ce qu'il t'est arrivé, Phil ? Tu t'es fait agresser. Al t'a sauté dessus. Il a essayé de te violer. Tu as perdu la tête, tu as vu rouge, tu l'as frappé. Il a basculé à la renverse, et il est tombé du toit. Tu n'as plus eu qu'une idée : te sauver. Trouve-toi un bon avocat, tu sors dans deux ans. »

Phil m'a regardé en hochant la tête. « Deux ans, je suppose que je peux les tenir, mais je sais pas. Tu me prêtes ton flingue ? Je vais me suicider. Tu as bien un flingue, hein ?

— Oui, j'ai un flingue.

— Mais t'as pas les balles qui vont avec, hein ? »

Il savait pertinemment que j'en avais. « Non, j'ai pas de balles », j'ai dit.

Il s'est levé et s'est dirigé vers la porte. Je l'ai raccompagné, et suis resté auprès de lui. Je me disais que si c'était vrai, je devrais lui poser la main sur l'épaule, lui dire quelque chose de gentil pour lui remonter le moral. Mais je me suis souvenu de cette manie qu'il avait d'essayer de me taper du fric.

J'ai dit : « Au revoir, Phillip », froidement.

Il m'a dit au revoir, et il est parti.

J'ai refermé la porte. Puis j'ai ramassé par terre le paquet de cigarettes sanglant, je l'ai déchiré en mille morceaux que j'ai jetés dans les toilettes, et j'ai tiré la chasse.

Il était l'heure de partir au boulot, je me suis habillé.

17

MIKE RYKO

Lundi matin à neuf heures, j'étais levé, fin prêt pour partir à Union Hall dénicher un autre bateau, mais Phillip était introuvable. En regardant derrière le canapé, j'ai vu qu'il avait laissé son sac de matelot. Alors je me suis assis à l'attendre, en me disant qu'il avait dû aller déjeuner dehors et qu'il repasserait me chercher. J'ai allumé une cigarette et j'ai réfléchi à ce qu'il faudrait dire au guichet du contentieux pour qu'on nous trouve un autre bateau dans la journée.

On a sonné trois fois dans le vestibule, signe d'un appel au téléphone, alors je suis descendu, et j'ai décroché.

« Allô ?

— Mike, c'est Phil. »

Ça m'a fait sourire, parce que c'était la première fois que je l'entendais au téléphone, je lui trouvais une voix bizarre.

« J'ai fait disparaître le vieux hier soir », il a dit.

« Quoi ? » j'ai fait, mais dieu sait pourquoi,

j'avais compris tout de suite ce qu'il voulait dire. « Où es-tu ? »

Il m'a répondu qu'il se trouvait à l'Anchor.

« Qu'est-ce que tu fais là ?

— Je sais pas. Viens me chercher.

— J'arrive », j'ai dit en raccrochant.

Une femme tentait d'entrer dans le vestibule avec deux cabas, elle avait du mal à ouvrir la porte. Je l'ai regardée s'escrimer jusqu'à ce qu'elle entre, et puis je suis remonté.

J'ai passé le bras derrière le canapé, et j'ai tiré le sac de Phillip. Je suis allé dans la chambre, le chat dormait sur les miens. Je l'ai pris et je l'ai posé sur le lit, à côté de Janie. Elle dormait, avec une fine pellicule de sueur sur le visage : neuf heures du matin, et il faisait déjà chaud.

J'ai récupéré mes sacs et je les ai balancés à côté de celui de Phillip, dans le séjour. Je suis resté planté là à les regarder pendant une bonne minute, incapable de réfléchir.

Finalement, j'ai décidé qu'il était inutile de les emporter, vu qu'à présent, on n'allait pouvoir embarquer ni l'un ni l'autre. Alors je suis sorti de l'appartement, et je suis descendu.

Sitôt arrivé dans le vestibule, j'ai fait demi-tour, je suis remonté quatre à quatre, j'ai foncé dans la chambre, je me suis agenouillé au pied du lit, et j'ai mis un baiser sur le front de Janie.

« Je rentre ce soir », je lui ai dit. Elle a marmonné quelque chose, et elle s'est rendormie. Je suis sorti de l'immeuble, direction Union Hall au trot.

Il faisait un soleil chaud et moite, on sentait déjà un souffle de chaleur partout. Au carrefour de la 14e Rue et de la Septième Avenue, une vieille m'a accroché pour me vendre des fleurs, mais je l'ai laissée sur place.

Quand je suis arrivé à l'Anchor, Phillip était au bar, un verre de whisky à moitié vide à la main, et quelques dollars plus de la mitraille devant lui sur le comptoir. C'était bondé de marins qui parlaient tous en même temps, et le jukebox passait un disque sud-américain.

On s'est dit bonjour et Phillip m'a commandé un verre. J'ai fixé mon regard sur le ventilateur de plafond et j'ai laissé le whisky couler dans ma bouche, après quoi j'ai pris une bière.

« Alors comme ça, tu as fait disparaître le vieux hier soir », j'ai dit à Phillip en le regardant. « Et où il est ?

— Dans la cour d'un entrepôt.

— Mort ?

— Évidemment. »

Je l'ai regardé avec attention. J'ai lancé : « Eh ben dis donc », et il m'a reluqué, lui aussi, avec un sourire.

Là-dessus, il a sorti un mouchoir de sa poche, et il me l'a fait voir. Il y avait des taches rouges dessus, et les initiales « R.A. » brodées dans le coin.

« C'est celui d'Al ? » j'ai demandé.

Il a fait oui de la tête. Et puis il m'a désigné le bas de ses jambes de treillis, et il a levé le pied :

là aussi, il y avait des taches rouges. « C'est du sang », il a dit.

Je ne savais pas s'il fallait le croire, tellement il était empressé à me donner les preuves.

« Comment tu as fait ? » j'ai demandé.

« À la hachette. Je l'ai frappé au front, et il s'est écroulé mort. Alors je l'ai fait rouler du toit. J'ai fait comme ça » — il a mis ses mains sur ses oreilles en appuyant fort — « pendant trois secondes, pour pas l'entendre tomber dans la cour. Et je l'ai entendu quand même », il a ajouté avec une grimace.

« Raconte-moi tout », j'ai dit. Mes jambes se dérobaient sous moi, je devais m'appuyer au bar de tout mon poids. « Allons nous asseoir quelque part », j'ai dit. « J'ai les genoux qui flageolent, je tiens plus debout.

— Moi c'est pareil. » Il a ramassé son fric et ses cigarettes sur le comptoir.

On est sortis de l'Anchor, on a traversé et on a pris la 17ᵉ. Sur un terrain de jeux, à droite, toute une escouade de petits enfants jouaient à la balançoire, à la marelle, et pataugeaient dans un bassin sous le chaud soleil. Phillip leur a souri. J'ai compris qu'il se voyait comme un meurtrier.

On a remonté la Huitième Avenue vers le nord, et j'ai jeté un dernier coup d'œil aux bandes de marins assemblés devant Union Hall.

Quelques rues plus loin, on a trouvé un bar climatisé. Il y avait des tabourets de cuir rouge au comptoir, on s'y est installés et on a commandé deux Calvert, avec des bières pour les faire descendre.

« Raconte-moi le reste », j'ai dit, « raconte-moi tout ce que tu as fait depuis qu'on s'est quittés hier matin.

— J'ai passé le dimanche chez mon oncle ; je lui ai dit que j'avais besoin d'une rallonge, parce qu'on allait devoir se trouver un autre bateau. Après dîner, je suis allé au Minetta's boire des whiskys, et Al est arrivé avec Cathcart. Cathcart est rentré chez lui de bonne heure, alors Al et moi, on est restés en boire quelques autres. »

Phillip m'a donc répété l'histoire qu'il avait racontée à Dennison un peu plus tôt. Quand il a eu fini, j'ai demandé : « Qu'est-ce que tu vas faire ?

— Tu as une idée ?

— En gros, ce que Dennison t'a conseillé.

— C'est sans doute le mieux », a dit Phillip en commandant encore deux verres. « Je vais passer sur la chaise électrique, à tous les coups.

— Jamais de la vie, quelle idée. Al était homo, il t'a couru après d'un continent à l'autre, il te pourrissait l'existence, la police va comprendre. »

Phillip a haussé les épaules.

« Ben au moins, on se sera pris une bonne cuite, ce matin », j'ai conclu. Des paroles que j'ai aussitôt regrettées, alors j'ai dit : « Mais bon dieu, il aurait pas fallu que ça arrive, hein ? »

Phillip a de nouveau haussé les épaules.

« Buvons à Al quand même », j'ai ajouté en levant mon verre.

J'ai descendu mon Calvert, et avant que j'aie compris ce qui se passait, Phillip avait le regard vague, et deux grosses larmes roulaient sur ses joues. J'étais gêné, parce que je ne l'avais jamais vu pleurer. J'avais envie de lui poser la main sur l'épaule, ce que j'ai fini par faire.

« "Il y a un temps pour tout" », j'ai dit, « "même pour le meurtre" : Saroyan ».

Il m'a reluqué à travers ses larmes : « On dirait du T.S. Eliot.

— Ah bon ? »

On a rigolé un peu, et puis je lui ai tendu une cigarette. Moi qui avais toujours tenté d'imaginer quel effet ça faisait de tuer quelqu'un, moi qui avais écrit des milliers de mots pour recréer la trame de ces émotions, voilà que ce Phillip qui était à côté de moi était passé à l'acte.

« Je vais aller chez mon oncle, et puis je me rendrai à la police, disait Phillip. Il saura ce qu'il faut faire, il me trouvera des avocats. À supposer que la police n'ait pas encore découvert le corps d'Al, ce sera chose faite avant la nuit. »

J'ai expliqué à Phillip ce à quoi je pensais, mais ce qui l'intéressait, c'étaient les faits.

« Mon oncle a le bras long côté politique, il saura quels avocats prendre. »

On en a discuté un moment, et puis il a dit qu'il avait envie de partir.

« Où tu vas ?

— Allons passer quelques heures au musée d'Art moderne.

— D'accord », j'ai dit, « mais on en boit encore quelques-uns avant ».

On est sortis sur la Huitième Avenue héler un taxi. Les trottoirs grouillaient de monde. Un marchand des quatre-saisons venait de s'installer devant le bar, il vendait des pommes. Un taxi a fini par s'arrêter, et on a sauté dedans.

« Passez par Times Square », lui a dit Phillip. Et une fois en route, se tournant vers moi, il a déclaré à haute et intelligible voix : « J'espère qu'ils vont pas trouver le corps tout de suite.

— Ouais », j'ai dit tout fort, et on a échangé un petit sourire. « Il doit pas être beau à voir, avec tout ce sang.

— T'as raison, merde ! Quand je lui ai fendu la tronche avec la hachette, le sang a giclé partout, il y en avait plein le toit. Et il doit y en avoir bien plus encore dans la cour, en bas.

— Oui, t'as pas fait les choses à moitié. »

Comme on traversait Times Square, Phillip a dit : « Arrêtez-nous là, chauffeur. »

Le taxi s'est rangé le long du trottoir, et le chauffeur s'est tourné pour arrêter le compteur. Phillip lui a tendu l'argent, et le gars lui a fait un petit sourire : il connaissait les ficelles du métier, bien sûr, mais il connaissait pas les faits.

Sur le trottoir, j'ai dit : « Je croyais qu'on allait au musée.

— On va faire un tour par ici d'abord », a répondu Phillip, qui a pris la 42e Rue.

On est passés devant l'Apollo qui jouait toujours *Quai des Brumes*, et devant le bistrot italien, et puis on a traversé une rue pour entrer dans une salle de jeux.

Phillip est allé faire la monnaie d'un quarter en pennies, et on s'est installés aux machines, pour descendre l'aviation ennemie en plein vol, et pour mater des films coquins avec des femmes qui se déshabillent dans leur boudoir pendant que des types moustachus montent par l'escalier de secours. J'ai mis un nickel dans le bastringue pour entendre Benny Goodman jouer *The World is Waiting for the Sunrise.*

On est partis se balader du côté de la Sixième Avenue. Phil a acheté des cacahuètes grillées à un petit Italien, et on est allés s'asseoir sur les bancs du jardin de la Bibliothèque municipale pour en jeter aux pigeons. À côté de nous, un type en bras de chemise lisait un tract trotskiste.

« Ils pourront bien m'envoyer où ils voudront, a dit Phillip, je serai en mesure de faire ce que j'aurais fait en mer.

— Tu vois », j'ai répondu, « je le savais qu'on n'embarquerait pas, parce que je rêvais pas de la mer.

— Je vais écrire de la poésie », a dit Phillip.

À peu près au niveau de la Sixième Avenue, un cinéma de la 42e passait *Four Feathers* d'Alexander Korda.

Phillip a dit : « C'est bon, ça. Entrons le voir. » On est donc entrés, et on s'est installés à l'orchestre. La climatisation était détraquée, et on suffoquait là-dedans.

Le film s'ouvre sur quelques lignes qui racontent le massacre de milliers de soldats anglais au Soudan, exterminés par les féroces Fuzzy Wuzzies. Phillip a secoué la main, en disant : « Eux, ils peuvent se permettre de les tuer par milliers.

— Ouais », j'ai dit.

Dans une scène d'embuscade, on voyait les Anglais et les Fuzzy Wuzzies s'entre-tuer à coups de sabre et de couteau, dans un bain de sang. Ça nous rappelait Al, baignant dans son sang au milieu de la cour, ça nous a un peu gâté le plaisir. En plus, l'un des personnages de l'histoire s'appelait Dennison.

On est sortis du ciné en nage, et il faisait encore plus chaud dehors. Il était dans les trois heures et demie, on est entrés dans un bar, boire des bières bien fraîches.

« Il va être l'heure que j'y aille, a dit Phillip.

— Et le musée ?

— Il était bon, ce film, mais il m'a tout le temps rappelé que mon heure est proche. »

On a bu sans rien ajouter.

« Bon, allons-y, au musée », il a fini par dire.

On est sortis héler un taxi.

Dans la fraîcheur du musée climatisé, Phil est tombé en arrêt dix minutes devant le portrait de Jean Cocteau par Modigliani. Moi je suis parti de mon côté regarder les vastes études de Blume sur le déclin et la chute de l'Occident, qui montrent des colonnes à chapiteau corinthien renversées, et les éternels individus louches en train de conspirer dans des caves, pendant que des prêtres accomplissent un sacrifice en psalmodiant, et que des troupes vaguement orientales sont en train d'éventrer la ville. Ensuite, on s'est tous deux arrêtés devant le *Cache-cache* de Tchelitchev, qu'on a contemplé un moment.

Il y avait un pédé en polo à rayures et pantalon brique, un grand blond, qui n'arrêtait pas de reluquer Phil du coin de l'œil. Même quand on est descendus regarder un film d'une heure, il était encore derrière nous.

C'était un film italien de 1915, avec Eleonora Duse. Phillip et moi, on l'a trouvée grandiose. Elle affrontait la tragédie avec une forme de virilité, comme si elle mettait Dieu au défi d'alléger la rancune qu'Il lui avait causée.

On est remontés voir les peintures. Je voulais prendre une bière, mais Phillip tenait absolument à rester jusqu'à la fermeture. J'ai cherché le pédé des yeux, pour savoir s'il suivait toujours Phillip, mais je ne l'ai pas vu.

Phillip s'est de nouveau planté devant le Modigliani, sourire aux lèvres.

J'ai dit : « Retrouve-moi au bar de la 53e, j'ai soif. »

Il a dit d'accord, et j'ai quitté le musée. En traversant le hall, j'ai vu le pédé blond en conversation avec un jeune homme.

Au bar, j'ai pris une table d'angle et commandé une bouteille de Schlitz. Le serveur est venu me l'apporter, et l'a posée sur la nappe blanche. Il me trouvait mal habillé, et il me traitait avec une certaine condescendance. Je me demandais pourquoi les gens accordaient tant d'importance à la sape, et il me venait des idées de meurtre, comme ça, à intervalles réguliers.

Au bout d'un moment, la faim s'est fait sentir, et j'ai commandé une formule hamburger. Le serveur m'a apporté des couverts, avec une serviette blanche toute propre et un verre d'eau. Il régnait cette lumière sourde, propre aux quartiers Est, comme dans une taverne à bière, une fraîcheur agréable. J'ai jeté un coup d'œil circulaire, et embrassé du regard l'éventail de la clientèle.

Tout en attendant mon hamburger, j'ai commandé un double bourbon, que j'ai descendu en deux gorgées. Quand la viande est arrivée, j'ai mangé du bout des lèvres, maladroitement comme quand on abuse des cocktails avant de passer à table.

J'avais terminé et je buvais une bière quand Phillip est entré, en regardant autour de lui. Je lui ai fait signe et il est venu à ma table.

« J'avais faim, j'ai mangé », j'ai dit.

« Ne t'excuse pas, vampire, moi aussi j'ai faim.

— O.K. », j'ai dit.

Il a commandé la même chose que moi, avec une bouteille de bière, et moi j'ai commandé un double bourbon.

Notre table remontait dans l'estime du serveur, il nous donnait du « monsieur », et, en moins de deux, il avait vidé mon cendrier et l'avait nettoyé avec une serviette humide.

Phillip a dit : « Il me reste dix dollars sur ce que m'a donné mon oncle. Autant les dépenser avant que j'aille me livrer.

— Très bien », j'ai dit.

Il a fini de manger et payé l'addition. On est partis sur la 53e, en direction de l'est, et on a débouché sur la Troisième Avenue, où on a trouvé un saloon pas cher pour se mettre au comptoir.

« C'est là que Don Birnam va boire dans *The Lost Week-end* », j'ai dit. « Sur la Troisième Avenue. »

Phil a commandé deux whiskys, et c'était reparti. La porte du bar était ouverte, et la brise du soir entrait, rafraîchissante.

Phillip devenait fébrile. Il n'arrêtait pas de dire qu'il allait rentrer bientôt, alors je lui rappelais Boëldieu et ses gants blancs dans *La Grande Illusion.*

Deux soldats étaient assis à côté de nous. Ils avaient l'air d'avoir fait la campagne d'Afrique pendant l'hiver. Il y en avait un qui me regardait, et qui a fini par se pencher vers moi pour me demander s'il y avait des bordels en ville.

Je lui ai noté une adresse : « Je suis pas sûr que ça fonctionne encore », j'ai dit, « mais tu peux toujours essayer ».

L'autre a engagé la conversation avec Phillip, et lui a demandé s'il se plaisait dans la Marchande.

Phillip a dit que oui, et une minute plus tard, il était debout et me tendait la main.

« Eh bien, au revoir, Mike. »

Il me prenait par surprise. « Au revoir », j'ai dit.

Il est sorti et je l'ai suivi, en laissant ma monnaie et mes cigarettes sur le comptoir.

On s'est arrêtés devant la porte. De nouveau, Phillip m'a tendu la main. Il avait de la monnaie dans la paume. Quand on s'est serré la pince, les pièces ont tinté, et quelques-unes sont tombées sur le trottoir avec un petit bruit métallique. Phillip a ouvert la main, et il a laissé tomber tout le reste dans un geste théâtral de ses doigts raidis.

« Je vais ramasser », j'ai dit.

« Vas-y. Au revoir, Mike.

— Au revoir, Phil. »

Je l'ai regardé un moment s'éloigner en direction de la 60e. J'avais envie de lui courir après, pour lui redire au revoir. Il a tourné le coin, d'un pas décidé, comme s'il allait au travail, et je suis rentré dans le bar. J'ai vu la monnaie sur le trottoir, et je suis ressorti la ramasser. Ensuite de quoi, je suis rentré me commander une bière, et me suis installé dans un box vide.

C'était la bière la plus solitaire de toute ma vie.

J'ai fini par partir, je me retrouvais tout seul, sur la Troisième Avenue, en fin d'après-midi. Le métro aérien vrombissait au-dessus de ma tête, et les gros camions passaient dans un grondement. J'étais là, tout seul, et tout était fini.

J'ai décidé sur-le-champ de repartir, de reprendre la route. J'avais envie de revoir les monts de Pennsylvanie, et les pins de Caroline du Nord. J'en étais là de mes pensées quand je vois Phillip revenir de la Troisième Avenue à toutes blindes.

« Qu'est-ce qu'il se passe ? » je demande en courant à sa rencontre.

Il sort le mouchoir taché de sang et me le tend.

« Qu'est-ce que j'en fais ? Tu le veux ?

— Pourquoi ?

— C'est le mouchoir d'Al.

— Je sais.

— Faut qu'on s'en débarrasse.

— Facile », je réponds. Je prends le mouchoir et le jette à l'égout. On se met à rigoler.

On était nerveux, à moitié fous, et heureux de se revoir.

« Entrons dans un bar », j'ai dit.

« O.K. »

On est allés dans un autre saloon de la Troisième Avenue, et on s'est remis à boire. Le bar était bondé de types locaux, et le barman était un gros Irlandais.

« Il faut que je rentre chez moi », répétait Phillip. Il a ajouté : « J'en ai marre de mes gants blancs. » Il a levé les mains : « Je suis faible, les gants commencent à me gratter. »

Je me sentais tellement mal que je n'ai rien

dit. On commençait tout juste à réaliser ce qu'il s'était passé.

« Je vais t'accompagner à pied jusque chez toi », j'ai dit.

On a encore bu un verre ou deux, et puis on est sortis dans la rue. Je répétais : « Bon... », et Phillip répétait : « Bon... » On avait tous deux des tas de choses à se dire, mais il n'y avait plus de place pour les dire, tellement on était tendus, et proches l'un de l'autre.

On a fini par arriver dans Central Park South, là où se trouvait l'immeuble de son oncle. On est allés jusqu'à l'entrée, et on s'est immobilisés.

Phillip a fait signe au portier, et il m'a dit : « C'est un malade, un gars incroyable !

— Ouais », j'ai dit.

On a marqué un temps, et on s'est tendu la main, machinalement.

« Bon, a dit Phillip, on prend les mêmes et on recommence. À bientôt, quand je serai derrière les barreaux.

— Je viendrai te voir », j'ai dit.

« Apporte-moi des bons bouquins, et tout et tout.

— Ouais. »

On s'est serré la main et tapé sur l'épaule, on s'est regardés en souriant. Et puis il a dit : « Au revoir », et moi j'ai dit : « Au revoir », il s'est retourné pour pénétrer dans le vestibule de l'immeuble, et moi je me suis dirigé vers Colombus Circle où deux gros camions qui passaient m'ont donné envie de partir loin.

18

WILL DENNISON

L'oncle de Phillip a tout arrangé, et il a fait placer le gosse à l'asile. Je pense qu'il n'y restera pas plus de six mois, vu que l'oncle connaît plusieurs des médecins au conseil d'administration susceptibles de se montrer compréhensifs.

Ça n'a pas trop plu aux flics que je n'aie pas couru à la première cabine téléphonique pour dénoncer le meurtre en honorable citoyen, autrement dit en bon pigeon, selon les règles officielles. De toute façon, moi, je suis un gars qui n'aime pas se faire remarquer. Alors j'en ai profité pour passer quelques semaines à Chicago, histoire de renouer de vieilles accointances.

La ville n'est plus ce qu'elle était. C'était à croire que tous mes amis et connaissances d'il y avait cinq ans étaient morts, en cabane ou à l'armée. Mais j'ai quand même rencontré quelques types que je connaissais du temps où ils hantaient les bons coins du côté de North et de Halsted.

Quand je suis rentré à New York, j'ai trouvé

une lettre d'un gars de Chicago qui se disait ami de Charley Anderson, et qui avait une affaire à me proposer. J'y trouverais un peu de gratte. Apparemment, c'était du lourd, et il ne savait pas quoi en faire. Il y avait un numéro de téléphone et j'ai appelé plusieurs fois, mais sans succès.

J'ai décidé d'aller chez Al, voir Agnes, qui s'était installée chez lui après le meurtre. Je l'ai trouvée en train de faire ses valises. Elle quittait New York le lendemain.

Une certaine Mrs Rogers venait de racheter l'immeuble à Mrs Frascati, et elle s'attelait au défrichage des mauvaises herbes sociales. Chris Rivers s'était fait virer comme tapeur chronique et foyer d'infection. « Elle va faire des travaux dans l'immeuble et augmenter les loyers, a dit Agnes.

— Et Hugh Maddox, qu'est-ce qu'il devient ? » j'ai demandé.

« Il a pris trois ans, mais il sera peut-être autorisé à s'engager dans l'armée plus tard. Personne n'a l'air bien fixé. »

On y a réfléchi un instant, et puis Agnes a dit : « Ah, au fait, j'ai mis toutes les affaires d'Al dans une valise, et je l'ai envoyée à son frère, à Memphis. Mais il manquait la radio. Quelqu'un a dû entrer dans l'appart et la prendre. Ça doit être Bunny, la klepto chic de Boston.

— Il y a de fortes chances », j'ai dit.

On était là, dans l'ancien appart d'Al, et la nuit tombait. Agnes me racontait une histoire interminable sur Mrs Rogers, mais je ne l'écoutais pas. À la fin, je me suis levé.

« Si jamais tu te trouves dans l'Ouest, va voir ma vieille », je lui ai dit. « Tu n'auras qu'à demander l'épicerie de Mrs Dennison. »

Agnes a dit qu'elle n'y manquerait pas si elle passait par Reno ; là-dessus on s'est dit au revoir à la porte avec une poignée de main.

Je suis allé dîner tout seul au Three G's, sur Sheridan Square.

Comme je rentrais chez moi, voilà un type qui sort d'un immeuble en me disant : « Salut, Will. » C'était Danny Borman.

« Danny, sacré flambeur, ça boume ? » j'ai dit, mais mon humour est tombé à plat.

On est allés chez moi, et il m'a raconté ce qu'il s'était passé.

Il avait bien allumé la maison, sauf que plusieurs autres baraques avaient pris feu du même coup, mais c'était pas encore le pire ; le pire, c'était qu'un salopard dénué de sens patriotique entreposait des quantités d'essence dans son sous-sol, et que l'incendie avait pris de telles proportions qu'il s'était propagé à une base anti-aérienne, dont une aile avait brûlé. On avait crié au sabotage et le F.B.I. était sur l'affaire.

J'ai demandé à Danny s'il avait palpé, et il a dit que oui. Le fric allait lui servir à quitter la ville. Je n'ai pas eu le cœur de lui réclamer ma com, et il n'a pas insisté pour que je l'accepte.

Alors on s'est dit au revoir, bonne chance et

tout et tout. Et puis il m'a demandé des nouvelles de Phillip, et je lui en ai donné.

Il a médité une minute, et il a dit : « Ben, quand il sortira, il va pouvoir se lancer dans la politique.

— Ouais », j'ai dit, « il devrait être bon ».

POSTFACE

Un jour d'octobre 1967, Jack Kerouac bavarde autour d'un verre chez lui, au 271 Sanders Avenue, dans sa ville natale de Lowell, Massachusetts. Il a pour interlocuteurs trois jeunes poètes, Ted Berrigan, Aram Saroyan et Duncan McNaughton, venus l'interviewer pour *The Paris Review.* Sur une question à propos de *The Town and the City* (trad. franç. *Avant la route*), son premier roman, Kerouac déclare : « Il en existe une autre version cachée sous le parquet, et que j'ai écrite avec William S. Burroughs. Ça s'appelle *And the Hippos Were Boiled in Their Tanks* (« Et les hippopotames ont bouilli vifs dans leurs piscines »).

— Oui, répond Berrigan, j'en ai entendu parler, tout le monde cherche à mettre la main sur ce texte. »

On voit bien que *Et les hippopotames ont bouilli vifs dans leurs piscines* était déjà une légende il y a quarante ans. Pour autant les deux hommes qui l'ont écrit, en 1945, étaient obscurs et n'avaient encore rien publié. Le livre précède d'une décennie les œuvres qui leur assureront une gloire littéraire durable, *On the Road* (*Sur la route*), publié en 1957, pour Kerouac, et *The Naked Lunch* (*Le Festin nu*), publié en 1959, pour Burroughs. Ces deux romans, ainsi que le poème *Howl* d'Allen Ginsberg, publié en 1956, sont les étendards de la Beat Generation, et il paraît donc difficile d'aborder *Et les hippos...* sans le replacer dans son contexte.

Même le lecteur qui n'aurait découvert ce roman que grâce à sa jaquette en saurait déjà trop pour le recevoir comme il a été écrit, c'est-à-dire par deux illustres inconnus parlant de personnes non moins obscures qu'eux-mêmes. Avec les montagnes de bibliographies sur la Beat Generation, les biographies, les correspondances, les Mémoires et désormais les sources d'archives, la plupart des individus réels qui ont inspiré les personnages de Kerouac et de Burroughs à l'époque sont aujourd'hui largement reconnaissables. Qu'on s'en réjouisse ou qu'on le déplore, *Et les hippos...* nous parvient dans le cadre piège d'un fait divers sulfureux : « Le meurtre à Columbia qui a donné naissance aux écrivains Beat! », « On retrouve un roman perdu de Kerouac! », « On retrouve un roman perdu de Burroughs! ».

Aujourd'hui, quelque soixante ans plus tard, le New York de la fin de la Seconde Guerre mondiale, qui sert de toile de fond au roman, en fait un document historique. Il faut mobiliser pour le lire toute l'imagerie de l'époque : la musique des années de guerre, les autos, les modes, les films, les romans et les manchettes des journaux. Mais quelle que soit la version de l'« affaire Lucien Carr - David Kammerer » à laquelle on aura eu droit, il faudra bien se départir de ses idées préconçues pour laisser la parole au « Phillip Tourian » et au « Ramsay Allen » du roman.

Pour ceux qui nous rejoindraient à l'instant, résumé des épisodes précédents : la trame problématique des rapports entre Lucien Carr IV et David Eames Kammerer se noue à Saint Louis du Missouri, en 1936, alors que Lucien a onze ans et que Dave en a vingt-cinq. Huit ans, cinq États, quatre prep schools et deux universités plus tard, les liens sont devenus trop intenses, les émotions trop fébriles; comme l'écrit « Will Dennison » dans *Et les hippos...*, « dès qu'ils sont ensemble, il se passe quelque chose ». Il fallait que ça craque : ça a craqué.

Le lundi 14 août 1944, aux petites heures, dans la touffeur de Riverside Park, haut lieu de la drague de l'Upper West Side, Lucien et Dave sont face à face, ivres, et se disputent. Ils en viennent aux mains et roulent dans l'herbe, et c'est alors que Lucien frappe Dave de deux coups dans la poitrine avec son petit couteau de scout. Dave perd connaissance. Lucien le tient pour mort; il lui attache les poignets avec ses lacets, lui leste les poches de pierres et fait rouler son corps inerte dans l'Hudson, où il se noiera en se vidant de son sang. Le meurtrier va attendre près de vingt-quatre heures pour se livrer à la police, et il faudra une journée de plus pour qu'on retire le cadavre de l'eau, au niveau de la 79e Ouest.

Le meurtre va faire la une des journaux new-yorkais pendant une semaine. Mais le choc est particulièrement violent pour les trois amis que Lucien a présentés les uns aux autres pendant sa première année d'études à Columbia : Allen Ginsberg, de Paterson, New Jersey, qui a dix-huit ans et est en première année comme lui ; Jack Kerouac, de Lowell, qui vient de laisser tomber la fac à vingt-deux ans ; et William S. Burroughs, trente ans, diplômé de Harvard, ami de Kammerer depuis 1920, époque où ils étaient écoliers à Saint Louis.

Aujourd'hui, le lecteur que la chose intéresse ne manquera pas de lire les études consacrées à la longue relation entre Kammerer et Carr. Mais, dans la plupart d'entre elles, Kammerer est réduit à une pathétique caricature : le dragueur homosexuel qui poursuit de ses assiduités sa jeune proie innocente, et purement hétérosexuelle, qui n'aura d'autre issue que de « défendre son honneur » par la violence. Ce sera le scénario qu'adopteront les avocats de Carr dans l'intention de caresser le juge, et si possible le public, dans le sens du poil — du poil de 1944.

Il y aurait pourtant beaucoup à dire sur la prime jeunesse de Lucien Carr et sa bisexualité d'alors, sujet que n'abordent guère les sources les plus sérieuses elles-mêmes que sont les biographies complètes des grandes figures des écrivains Beat. Ainsi, en 1944, Lucien va-t-il partager nombre de partenaires occasionnels de Ginsberg, et Kammerer fera de même — nous l'avons compris depuis la publication en 2006 des journaux de jeunesse de Ginsberg sous le titre *The Book of Martyrdom and Artifice.* Pour autant, Lucien n'a-t-il jamais eu le moindre rapport sexuel avec Dave, pas même une seule fois, selon ce que Burroughs a retenu des nombreuses confidences de son vieil ami, qui n'aurait sûrement pas manqué de le lui raconter s'il s'était passé quelque chose entre eux.

Pour presque tous ceux qui ont connu les acteurs du drame, le blanchiment postérieur des antécédents de Lucien en matière de sexualité, destiné au public, a semblé pardonnable en la circonstance. Et il faut bien dire que les meilleurs amis du mort eux-mêmes n'ont pas pris parti contre Carr. C'est William Burroughs qui recueille ses premiers aveux quelques heures après le meurtre, et il lui suggère aussitôt de trouver un bon avocat avant de se livrer à la police, fort du scénario « j'ai défendu mon honneur ». Burroughs a le sentiment qu'il ne servirait à rien que Lucien écope du maximum.

Quant à Jack Kerouac, à qui Lucien fonce ensuite annoncer la nouvelle, il est plus partagé. Il avait découvert bien des côtés sympathiques chez David Kammerer. Sa propre bisexualité a beau être confuse et dissimulée, la pédérastie de

Kammerer ne lui inspire aucun mépris. Or pourtant, alors même qu'il n'est ami avec Carr que depuis six mois, il lui manifeste une loyauté qui prime sur ses états d'âme.

Ils passent la journée ensemble, à parler et à boire ; ils errent de bar en bar, vont voir des tableaux, suivent des documentaires d'art, retournent sur les théâtres de ce drame de la vie réelle. Et puis l'après-midi tire à sa fin, et les deux jeunes gens se rendent compte qu'il va bien falloir passer à la suite. Ils se séparent à contrecœur, sachant bien l'un comme l'autre que rien ne sera plus désormais comme avant.

Après avoir passé presque toute la journée du 14 août avec Kerouac, Lucien va faire les mêmes aveux à sa mère, Marion Gratz Carr, dans son appartement de la 57e Rue. Elle appelle son avocat, et Lucien lui raconte toute l'affaire. Le lendemain, l'avocat conduit son client au bureau du district attorney Frank S. Hogan, pour qu'il se livre à la police. Carr est accusé de meurtre avec préméditation et envoyé en prison. Kerouac est arrêté au 421 Ouest de la 118e Rue, à l'appartement 62, qu'il partage avec Edie Parker, sa petite amie ; n'ayant pas de quoi payer sa caution, il sera détenu comme témoin.

Quand la police va frapper chez Burroughs, au 69 Bedford Street, dans Greenwich Village, le jeudi matin, il est sorti et se trouve au Lexington Hotel, où il suit une affaire de divorce pour son agence de détectives, la William E. Shorten. Il était censé coller son oreille à la cloison pour entendre les ébats du couple qui avait réservé la chambre voisine – mais qui n'est finalement pas venu. Sitôt qu'il a vent qu'on le recherche lui aussi comme témoin, Burroughs contacte ses parents à Saint Louis, et ceux-ci lui procurent un bon avocat, qui accompagnera lui-même son client au bureau du D.A. pour l'interrogatoire, et l'en sortira ensuite libéré sur parole.

Quant aux avocats de Lucien, Vincent J. Malone et Kenneth Spence, ils vont plaider coupable auprès du D.A. adjoint Jacob Grumet, mais coupable d'un chef d'accusation moins grave, l'homicide volontaire. Au tribunal et dans la presse, ils vont faire un portrait de Kammerer en vieux pédé harcelant un jeune homme nullement homosexuel — comme Carr pouvait sembler l'être dans les premiers reportages, sur les photos de prison qui le montrent avec sa tignasse blonde et ses allures adolescentes, un volume de Yeats à la main. Les avocats iront jusqu'à insinuer que Kammerer, d'une corpulence bien supérieure à lui, l'aurait menacé physiquement, mais ils n'essaieront tout de même pas de persuader le jury qu'un vigoureux garçon de dix-neuf ans n'ait su se défendre qu'en poignardant son agresseur au cœur... alors qu'il aurait facilement pu prendre ses jambes à son cou.

Le 15 septembre 1944, Lucien Carr est condamné à la peine maximale de dix ans au pénitencier d'Elmira, dans l'État de New York. Dans sa biographie de Kerouac, Ann Charters précise que les amis de Carr sont sous le choc : ils s'attendaient à une peine avec sursis. Mais, comme Burroughs le dira à Ted Morgan, « j'étais dans la salle... et, au moment où nous quittions le tribunal, l'avocat de Lucien m'a confié : "Je crois que ça aurait nui à sa réputation s'il était sorti du procès libre comme l'air" — il avait donc plaidé sans conviction, il ne voulait pas le faire sortir. Il avait une attitude moralisatrice sur la question ». (Il n'avait peut-être pas tout à fait tort, d'ailleurs.)

En prison, Kerouac épouse Edie Parker pour que la famille de la jeune femme paie sa caution. À sa sortie, il accompagne sa femme à Grosse Pointe, dans le Michigan, dont elle est originaire, afin d'y travailler pour rembourser sa dette. Mais début octobre, au bout de quelques semaines seulement, il retourne à New York et entame la période de sa vie que ses biographes intitulent « K. se réalise ».

Kammerer mort, Burroughs va voir son psychiatre de l'époque, le docteur Paul Federn, tous les jours pendant une semaine, puis il retourne vivre quelques semaines chez ses parents à Saint Louis. Fin octobre, il revient discrètement à New York, où il sous-loue un appartement au 360 Riverside Drive. En l'espace d'un mois, ses fréquentations parmi la pègre lui font découvrir les effets de la morphine, et, en décembre, il partage cette découverte avec Allen et Jack.

Pour Burroughs, on le sait, c'est le début du

combat de toute une vie contre l'addiction, où accoutumance et cures se succèdent dans un aller-retour permanent, jusqu'au protocole de substitution par la méthadone en 1980.

Le premier à voir dans l'affaire Carr-Kammerer une éventuelle manne littéraire, c'est Allen Ginsberg. Fin 1944, son journal présente des notes fournies et des ébauches de chapitres pour un texte qu'il envisage d'intituler *The Bloodsong* (« Le chant du sang »). Ce journal, aujourd'hui publié, présente de nombreuses scènes frappantes entre Lucien et lui, et des descriptions évocatrices du cercle Burroughs-Kammerer-Carr. La reconstitution que Ginsberg fait de l'ultime rencontre entre Carr et Kammerer la nuit du meurtre est la plus détaillée et peut-être la plus réaliste de toutes les mises en fiction des dernières heures de Kammerer.

En novembre 1944, néanmoins, Ginsberg écrit dans son journal : « Aujourd'hui, le doyen a taxé mon texte d'obscénité. » Nicholas McKnight, vice-doyen de Columbia, a en effet convoqué Allen après que Harrison Ross Steeves, chef du département d'anglais, lui avait révélé à quoi s'occupait son jeune étudiant. Le doyen estime que cette affaire a déjà attiré à la faculté une fâcheuse publicité, et il décourage Ginsberg de mener son projet à terme.

À l'automne 1944, John Hollander, camarade d'études de Ginsberg et comme lui poète, a déjà publié dans le *Columbia Spectator* une nouvelle

« dostoïevskienne » sur le meurtre, et les détails juteux n'ont pas manqué d'allécher d'autres écrivains de la période. On trouve de nombreuses versions de l'affaire dans des romans et des Mémoires écrits au fil des années 1940 et plus tard par Chandler Brossard, William Gaddis, Alan Harrington, John Clellon Holmes, Anatole Broyard, Howard Mitcham et même James Baldwin – dont on considère généralement que ces personnages ont inspiré la nouvelle « *Ignorant Armies* », prototype de son roman sur l'homosexualité *Giovanni's Room* qui paraîtra en 1956.

Parmi les autres écrivains new-yorkais nécessairement au fait de cette histoire, on trouve l'amie de Kammerer (et de Brossard) Marguerite Young, ainsi qu'un de ses propres amis, un pigiste au *New Yorker* nommé Truman Capote, qu'elle a présenté à Burroughs vers juin 1945 alors même qu'il venait de publier « *Miriam* », sa première nouvelle importante, dans le magazine *Mademoiselle*. Des années plus tard, Edie Kerouac Parker, autre témoin du drame, écrira ses Mémoires ; son histoire sera finalement publiée en 2007 sous le titre *You'll be Okay : My Life with Jack Kerouac*. On y trouve le récit du point de vue de la petite amie de Kerouac, qui ne comprend pas tout de suite pourquoi la police vient cogner à sa porte et emmener son homme en prison.

Et puis c'est le tour de Kerouac et de Burroughs. Ce dernier en fait un récit circonstancié à son premier biographe, Ted Morgan, au milieu des années 1980, alors que celui-ci était en train de rédiger son précieux *Literary Outlaw : The Life and Times of William S. Burroughs.*

« Kerouac et moi, on avait évoqué la possibilité d'écrire un roman à quatre mains, et on a décidé de s'attaquer à la mort de Dave. On écrivait nos chapitres chacun à tour de rôle, et on se les lisait. On savait parfaitement qui écrirait quoi. On ne visait pas l'exactitude, mais seulement l'approximation. On a eu grand plaisir à le faire.

« Il va de soi que chacun écrivait ce à quoi il avait assisté : Jack savait ceci, et moi cela. On a romancé. Dans la réalité, le meurtre a été commis avec un couteau, pas une hachette. Comme il ne fallait pas qu'on puisse reconnaître les personnages, j'ai fait de Lucien un Turc.

« Kerouac n'avait encore rien publié, on était de parfaits inconnus. Toujours est-il que personne n'a voulu de notre histoire. On est allés trouver une vague agente [Madeline Brennan, d'Ingersoll & Brennan] qui nous a dit : "Mais quel talent, vous êtes de vrais écrivains !", etc. N'empêche qu'il n'en est rien sorti, ça n'intéressait aucun éditeur.

« Et rétrospectivement, je ne vois pas pourquoi ça les aurait intéressés : le texte n'avait aucune perspective commerciale, n'étant pas assez "sensationnel" pour ça, mais il n'était pas non plus assez bien écrit, d'un assez grand intérêt littéraire pour être publié à ce titre. Il se situait à mi-chemin, en somme. Tout à fait dans la veine existentialiste qui connaissait alors un grand succès mais n'avait pas encore gagné l'Amérique. C'était un terrain sans viabilité commerciale. »

Quant à son titre insolite, voici l'explication de Burroughs : « Ça venait d'une émission de radio qu'on avait entendue au moment où on écrivait le livre. Un incendie avait éclaté dans un cirque, et je me souviens que la radio avait dit : "Et les hippopotames ont été bouillis vifs dans leurs piscines." Alors on a choisi la phrase pour titre. »

Dans l'interview donné à la *Paris Review* en 1967, Kerouac propose une version à peine divergente de la genèse du titre : « *Et les hippopotames ont bouilli vifs dans leurs piscines,* parce qu'un soir qu'on était dans un bar, Burroughs et moi, on entend un présentateur annoncer : "... et les Égyptiens ont attaqué (et patati et patata)... Pendant ce temps, à Londres, un terrible incendie a éclaté au zoo, le feu s'est propagé à toute vitesse à travers champs et les hippopotames ont été bouillis tout vifs dans leurs piscines ! Bonsoir mesdames, bonsoir mesdemoiselles, bonsoir messieurs !"

« C'est bien Bill ça, ajoute Kerouac, il retient ces choses, ça fait partie des trucs qu'il remarque. »

Selon une autre version encore, c'est au zoo de Saint Louis que l'incendie aurait éclaté. Mais l'histoire a sûrement un rapport avec le feu qui avait ravagé le cirque des frères Ringling, Barnum & Bailey, à Hartford, Connecticut, le 6 juillet 1944, « le jour où les clowns ont pleuré ». Il y avait à peine moins de sept mille personnes sous le grand chapiteau au moment où les flammes l'avaient pris d'assaut ; trois minutes plus tard, les poteaux s'écroulaient, et le chapiteau s'effondrait en flammes sur l'assistance. En six minutes, le cirque était réduit en cendres. L'incendie avait fait au moins cent soixante-cinq victimes, hommes, femmes et enfants, et environ cinq cents blessés, piétinés pour la plupart au cours de la bousculade qui s'en était suivie. On a découvert plus tard que le chapiteau avait été imperméabilisé au moyen d'un mélange d'essence de voiture et de paraffine, mélange plus détonant qu'ignifugeant.

L'incendie de Hartford précède de quelques jours la première visite de Burroughs chez Kerouac dans l'appartement de la 118e Rue, fin juin ou début juillet 1944. Mais, à Hartford, les lions, les chevaux, les éléphants et les tigres avaient été promptement mis à l'abri, et il n'y avait pas l'ombre d'un hippo à bouillir. Il avait bien été question d'un hippopotame nain qui aurait péri, ainsi que dix-sept autres animaux exotiques, lamas et zèbres, dans l'incendie du cirque des frères Cole, en 1940, à Rochester, dans l'Indiana ; à Cleveland, Ohio, l'incendie de la ménagerie des frères Ringling, le 4 août 1942, avait bien tué une centaine de bêtes, dont deux douzaines que la police avaient dû abattre à l'arme lourde au moment où elles s'enfuyaient dans la panique, le feu au pelage. Ces scènes d'un comique loufoque et grinçant faisaient partie de ce que Burroughs trouvait tordant. Peut-être que ces hippopotames vapeur étaient entrés dans son folklore, et avaient été réactivés par l'accident de Hartford.

D'autres, dont Ginsberg, croyaient plutôt que la phrase faisait partie de ces « incrustations » trouvées dans des émissions de radio et utilisées à des fins expérimentales par leur ami Jerry Newman dans ses montages sonores. Étudiant à Columbia et passionné de jazz, Newman s'était procuré, avant même la commercialisation des magnétophones à bandes, de quoi faire des enregistrements, qu'il apportait aux jam-sessions dans les clubs de la 52e; ses enregistrements d'Art Tatum en 1940-1941 — une rareté — sont considérés comme des joyaux du genre.

Dans *Vanity of Duluoz* (*Vanité de Duluoz*), roman-Mémoires écrit à la fin de sa vie, Kerouac décrit ainsi sa collaboration avec Burroughs pendant l'hiver 1944-1945 :

> Alors mon vieux Bill, il attendait les monstres qui allaient sortir de la plume de son jeune ami, à savoir moi, et quand je les lui apportais, il pinçait les lèvres avec une curiosité amusée, et il se mettait à lire. Après avoir lu mon travail, il hochait la tête et rendait sa création au créateur. Moi, perché sur un tabouret, quasiment à ses pieds, soit chez moi, soit chez lui dans Riverside Drive, dans une attitude d'attente et d'adora-

tion parfaitement consciente, voyant qu'il me rendait mon œuvre sans autre commentaire que ce hochement de tête, je lui disais le rouge au front ou peu s'en fallait : « Alors, maintenant que tu l'as lu, qu'est-ce que t'en penses ? »

L'homme Hubbard hochait la tête, que faire d'autre quand on est un Bouddha arraché à son Nirvâna pour affronter l'horreur de la vie ? Il joignait les doigts avec résignation, et levant les yeux sur le temple ainsi figuré, il répondait : « C'est bien, c'est bien.

— Mais encore, qu'est-ce que t'en penses ?

— Ma foi (se pinçant les lèvres avec un regard amusé pour le mur, tout aussi empathique et amusé que lui), ma foi, j'en pense rien, ça me botte, c'est tout. »

Au début du printemps, le tapuscrit est achevé. Dans une lettre à sa sœur Caroline datée du 14 mars 1945, Kerouac conclut : « Le livre qu'on a écrit à deux, Burroughs et moi, est désormais en lecture chez Simon & Schuster. Ce qu'il en ressortira, je l'ignore. En soi — si on le tient pour un portrait de la frange "paumée" de notre génération, sans complaisance, honnête et d'une vérité sensationnelle — c'est un bon livre ; reste à savoir s'il y a déjà une demande pour ce type de littérature, tandis qu'après la guerre on va assister à une épidémie de romans sur la "génération paumée", et, à cet égard, le nôtre est imbattable. »

Burroughs aussi s'est demandé quels styles littéraires seraient en vogue, quels styles commerciaux. Comme nous le savons, Simon & Schuster va botter en touche, reculant devant la « vérité sensationnelle » de *Et les hippos...*, et d'autres éditeurs le refuseront de même. Kerouac continue pourtant de retravailler le texte pendant l'été 1945 ; il va l'intituler successivement « *The Phillip Tourian Story* », « *Ryko / Tourian Story* » et « *I Wish I Were You* ». En outre, les personnages de Michael et Paul, dans *Orpheus Emerged* (« Orphée à jour »[1]) ne sont autres que Lucien et lui ; cette longue nouvelle inachevée, enfin publiée en 2005, met également en scène des personnages inspirés par Ginsberg et Burroughs.

Au bout de deux ans, Lucien Carr est libéré. Il revient à New York pour reconstruire sa vie à partir de zéro, et il n'est guère d'humeur à gratifier son cher ami Jack d'une version romancée et romantique de la tragédie qui a mis fin à sa jeunesse. Il décourage tout effort pour réécrire *Et les hippos...* ou soumettre le texte à de nouveaux éditeurs. Mais ses amis ont beau savoir qu'il n'a qu'une envie, tourner la page, l'histoire est trop bonne pour qu'ils y renoncent : ce sont des écrivains, ou ils le deviendront bientôt.

Dans ses lettres de prison à Kerouac et à Ginsberg, Lucien Carr ne se départ pas de son attitude désinvolte, sur le mode « rien à fiche », mais il est clair pour lui et pour tout le monde

1 Traduction française in *Underwood Memories*, Éditions Denoël. *(N.d.T.)*

qu'il ne retournera pas à Columbia. Peu après sa libération, il entre à United Press International comme pigiste. Il épouse Francesca von Hartz, fonde une famille (trois fils, Simon, Caleb, qui deviendra écrivain, et Ethan), et, en 1956, il est promu rédacteur en chef du journal du soir.

La même année, Ferlinghetti publie dans sa maison d'édition City Lights le poème novateur de Ginsberg intitulé *Howl*, que l'auteur a dédié à Lucien. Mais Carr a goûté outre mesure aux joies de la notoriété publique, et il prie son vieil ami Allen de retirer son nom des rééditions à venir. Carr a tourné la page sur les années 1940, c'est du moins ce qu'il souhaite et on le comprend.

Burroughs, lui, n'a pas d'opinion. En 1946, il est plongé jusqu'au cou dans ses problèmes de drogue et il amorce la descente aux enfers qui le conduira le 6 septembre 1951 à tuer sa femme par imprudence lors d'une forfanterie d'ivrogne à Mexico. Il écrit depuis deux ans déjà, mais pas sur Jack Kerouac ou Lucien Carr ; lui, il écrit sur la came et les camés, à New York et Lexington dans le Kentucky, dans l'est du Texas et à La Nouvelle-Orléans, puis enfin à Mexico – autrement dit, il écrit sur lui et ses partenaires de défonce.

The Town and the City (*Avant la route*), premier roman publié de Jack Kerouac, est un roman d'éducation type *Les Illusions perdues* de Balzac, où le récit nous mène de la campagne à la ville, mais sous la forme d'une saga familiale où l'on retrouvera certaines caractéristiques de Jack et de ses parents réagencées au sein de la famille Martin. Le livre présente bien une version lointaine de l'affaire Carr-Kammerer, mais les protagonistes y sont nommés Kenneth Wood et Waldo Meister, et il y a de telles modifications dans les circonstances du drame que peu de gens y reconnaîtraient Lucien Carr.

Pourtant, *The Town and the City* n'épuise pas la fascination qu'éprouve Kerouac pour cette histoire. Dans une lettre à Carl Solomon datée du 7 avril 1952 — Solomon vient d'être nommé éditeur chez Ace Books par son oncle, A.A. Wyn, propriétaire de la maison —, il parle de *Et les hippos...*, qu'il aimerait voir publié par Ace.

« Je ne dédaigne en rien les éditions de poche. D'ailleurs Burroughs et moi avons écrit un roman à sensation de 200 pages sur le meurtre commis par Lucien en 1945; le livre a choqué tous les éditeurs sur la place de New York, sans parler des agents... Allen s'en souvient... Si vous voulez le texte, il vous accompagnera chez ma mère, vous le trouverez dans mon capharnaüm de caisses et de valises; je l'ai glissé dans une enveloppe en papier kraft sous le titre (je crois) I WISH I WERE YOU, signé du pseudo "Seward Lewis" (nos deux seconds prénoms). Bill serait d'accord, on a passé un an sur le texte, Lucien était furieux, il voulait qu'on l'enterre sous le parquet (donc, évitez de le lui dire tout de suite). »

Jack exagère peut-être l'aspect « choquant » du roman, mais il est vrai qu'aucune maison, et Ace pas davantage que les autres, ne veut publier *Et les hippos...* cette année-là. (Quinze ans plus tard, dans son interview pour la *Paris Review*, on voit que Kerouac n'a pas oublié les « lames de parquet ».)

En 1959, les œuvres fondatrices des écrivains Beat ont été publiées, et chacun des trois auteurs connaît une notoriété, un lectorat et des ventes qui croissent rapidement. C'est John Clellon Holmes qui a « baptisé » sa génération dans le roman *Go*, publié en 1952, roman où Carr et Kammerer font une brève apparition, mais c'est sans doute la nouvelle publiée en novembre 1959 dans *Life* et intitulée « *The Only Rebellion Around* » qui fait connaître le phénomène Beat au grand public américain.

En 1959, comme Gerald Nicosia l'observe dans *Memory Babe*, sa biographie majeure, Kerouac parle toujours de temps en temps d'exhumer *Et les hippos...*; il est alors en plein blocage au beau milieu de son *Desolation Angels* (*Anges de la Désolation*). Il va même jusqu'à parler de son projet devant Lucien et Cessa, sa femme, « affolant complètement l'une et perturbant gravement l'autre... Jack semblait admirer ce meurtre comme un acte héroïque, mais, à leur demande pressante, il accepte pour l'instant de ne pas donner suite; pour autant, il remet l'idée sur le tapis une ou deux fois par an, au risque de pousser Cessa à la crise de nerfs ».

En 1967, il met enfin sa menace à exécution, alors qu'il est en train d'écrire *Vanity of Duluoz : An Adventurous Education, 1935-1946.* Le livre raconte – à sa troisième femme Stella Sampas Kerouac — la période de sa vie qui précède ses aventures sur la route avec Neal Cassidy. Il va chercher ses vieux tapuscrits de 1945 au fond de ses tiroirs, et les relit pour y trouver l'inspiration et la mémoire. Lorsque *Vanity of Duluoz* est publié, en 1968, un bon cinquième du livre porte sur l'affaire Carr-Kammerer, qui apparaissent cette fois sous les noms de Claude de Maubris et de Franz Mueller. Il fait également intervenir William Burroughs sous le nom de Wilson Holmes « Will » Hubbard, dans une langue proche de celle de *Et les hippos...* Quant au mode du récit, *Vanity of Duluoz* suit d'assez près le découpage en scènes adopté dans *Et les hippos...*

Kerouac publie son livre à point nommé, car, en 1968, les premières biographies concernant les Beats sont en cours. Cette année-là, en effet, Jane Kramer publie *Allen Ginsberg in America,* basé sur la série d'articles qu'elle vient d'écrire pour *The New Yorker,* mais elle n'y parle pas de Lucien Carr ni de David Kammerer, et il se peut qu'Allen se soit abstenu d'aborder le sujet avec elle.

En 1973, avec le très novateur *Kerouac : A Biography* d'Ann Charters, Carr et Kammerer font leur retour dans un monde qui les avait oubliés — alors que Lou Carr, rédacteur en chef, est devenu un homme réputé et apprécié. Ann Charters (et j'ai souvent entendu Ginsberg s'en plaindre) sera cependant obligée de retirer de sa dernière version toutes les citations des œuvres de Kerouac, publiées ou non, et de les remplacer par des paraphrases, parce que le Kerouac Estate vient de donner l'exclusivité de ces documents à Aaron Latham, qui est lui aussi en train d'écrire une biographie.

Cette biographie sera bien achevée mais jamais publiée, parce que, après le livre de Charters, on considère que le marché de la biographie kérouacienne est temporairement saturé. Ce qui n'empêche pas de nouvelles biographies marquantes de sortir vers la fin des années 1970, dont *Jack's Book* par Barry Gifford et Lawrence Lee, en 1978, et *Desolate Angel* par Dennis McNally, en 1979.

L'entreprise de Latham est pourtant une bombe à retardement. Ce dernier a en effet pour agent le vénérable Sterling Lord, qui est aussi celui de Kerouac depuis le début des années 1950 et qui sera, à la mort de l'écrivain en 1969, celui de ses ayants droit. Latham écrit souvent dans le magazine *New York*, et feu Clay Felker, son rédacteur en chef, accepte de publier le premier chapitre de sa biographie de Kerouac, chapitre qui s'intitule en toute simplicité « *The Columbia Murder that Gave Birth to the Beats* » (« Le meurtre de Columbia qui donna naissance aux écrivains Beat »). Felker le publie en avril 1976, sur deux pages, avec un encart de couverture qui en annonce le contenu. Ce chapitre est basé sur des scènes et des dialogues puisés dans *Vanity of Duluoz* ou dans le tapuscrit *Et les hippos...*, soit sous forme de citations, soit sous forme de paraphrases, comme si les deux textes pouvaient être pris au pied de la lettre, traités comme des témoignages réels. L'intimité entre Lucien et Ginsberg apparaît aussi pour la première fois.

Cette publication bouleverse l'existence de Lou Carr ; il en est blême. Chez U.P.I., aucun des collègues avec qui il travaille depuis trente ans n'est au fait de cet homicide commis dans son adolescence. Il reproche à Allen d'avoir trop librement abordé le sujet de leurs liaisons dans les entretiens enregistrés avec Latham ; il a le sentiment qu'Allen a dû vendre la mèche en rapportant la ligne de défense de 1944, qu'on trouve parfaitement résumée dans *Vanity of Duluoz* où Claude (Lucien) chuchote à Jack pendant leur garde à vue : « On est exclusivement hétéros. » Allen n'est plus très sûr d'en avoir fait part à Aaron Latham, mais il se couvre la tête de cendres et demande à William d'apaiser le cœur sauvage de Lucien.

Burroughs est indigné pour Lucien et, avec l'aide d'Eugene H. Winick, son avocat de longue date, il décide de poursuivre Latham, Lord et le magazine *New York* pour diffamation et violation de la vie privée (par l'usage d'un nom ou d'une physionomie sans autorisation). L'affaire se soldera au début des années 1980 par des dommages et intérêts symboliques, et sans rancune. Le contrôle du roman à quatre mains devra donc être conjoint : voilà *Et les hippos...* « enfermé au fond d'un tiroir » ; il y restera vingt ans.

Fin 1981, Burroughs quitte son « bunker » new-yorkais pour s'installer à Lawrence, au Kansas, où il va vivre seize ans et composer la « *Red Night Trilogy* », tout en exécutant un vaste corpus d'œuvres picturales. Quand son heure arrive enfin de regagner les « Terres occidentales », le 2 août 1997, je me trouve à ses côtés, car, depuis vingt-trois ans, j'ai le privilège de partager sa vie et de travailler avec lui.

J'avais tout juste vingt et un ans quand je suis arrivé à New York de mon Kansas, en quête de ma destinée. Burroughs et les Beats étaient ma grande passion littéraire depuis ma prime adolescence ; j'avais rencontré Ginsberg l'année précédente, et voilà qu'il m'encourageait à faire la connaissance de William, à la mi-février 1974. Bientôt, William me proposait de partager le vaste loft qu'il sous-louait sur Broadway, au 452. Au printemps de cette année-là, un soir très tard, nous sommes tirés de notre sommeil par l'interphone, et j'entends une voix joyeusement insolente aboyer : « Bill ! C'est Lou Carr, ouvre-moi, bon dieu ! » Ce que je fais, et nous bavardons une heure ou deux tous les trois. Mon amitié avec Lucien date de cette nuit-là, et elle a crû au fil des années passées auprès de William.

En 1999, en tant qu'exécuteur testamentaire

de Burroughs, j'ai pris part à la vente aux enchères des biens d'Allen Ginsberg, chez Sotheby's, à New York. Après la vente, je me suis rendu quelques jours chez Lou Carr, à Washington. J'y ai réitéré une promesse que je lui avais faite de longue date, à savoir ne pas publier le manuscrit à quatre mains de son vivant.

J'ai de même eu la chance de connaître une amitié de plusieurs années avec John Sampas, exécuteur testamentaire de Kerouac. John s'est montré généreux, attentionné, d'excellente compagnie. Il a par ailleurs toujours respecté la promesse que j'avais faite à Lucien.

Aujourd'hui, Dave, Jack, Allen et Bill nous ont tous quittés – puis Lucien lui-même, il y a trois ans, en 2005... Voici donc vos *Hippos*, prêts à bouillir après avoir frémi si longtemps.

Quelques mots sur le livre lui-même. Le lecteur chevronné des Beats reconnaîtra sans peine derrière leurs pseudonymes les personnages de *Et les hippos...* : Jack Kerouac (Mike Ryko) et William Burroughs (Will Dennison), ainsi que les deux protagonistes de cette tragédie que sont Lucien Carr (Phillip Tourian) et Dave Kammerer (Ramsay Allen ou Al) ; la petite amie de Kerouac, qui allait devenir sa première femme, Edie Parker (Janie), ainsi que la petite amie de Carr à l'époque, Celine Young (Barbara « Babs » Bennington) ; le camarade d'études de Carr John Kingsland (James Cathcart).

Les spécialistes reconnaîtront peut-être certains personnages historiques moins célèbres aux marges du drame : les parents de Lucien, Russell Carr (M. Tourian / M. Rogers) et Marion Carr (Mrs Tourian) ; son richissime oncle Godfrey S. Rockefeller (l'oncle de Phillip) ; celui qui écrirait bientôt dans le *New Yorker*, Chandler Brossard, qui habitait au 48 Morton Street, dans le même immeuble que Kammerer et à deux pas de chez Burroughs (il apparaît peut-être sous le nom de Chris Rivers) ; le docker Neal Spollen (Hugh Maddox) ; une bande de lesbiennes liées à Barnard, avec la garçonne Ruth Louise McMahon (Agnes O'Rourke) et la féminine, étudiante de première année, Donna Leonard (Della), ainsi que Teresa Willard (Bunny ?) ; Patricia Goode Harrison, amie de Kammerer, et son mari d'alors, Thomas F. Healy, écrivain irlandais (peut-être Jane Bole et Tom Sullivan) ; le jeune gangster que Dennison est le seul à connaître (sous le nom de Danny Borman) étant peut-être inspiré par un certain « Hoagy » Norman ou Norton.

Et puis, bien sûr, on reconnaîtra Joe Gould, surnommé le « professeur La Mouette » dans le croquis célèbre à l'époque qu'en avait fait Joseph Mitchell pour le *New Yorker* en 1942. Alcoolique bavard, entre deux âges, scion d'une famille patricienne dont l'arbre généalogique plongeait ses racines dans le Boston d'avant l'Indépendance, Gould était un véritable excentrique du Village. Fidèlement représenté dans *Et les hippos...*, il passait son temps au Minetta's et travaillait soi-disant à une fresque littéraire magistrale, *An Oral History of Our Time*, ce qui, dans le souvenir de Burroughs, ne l'empêchait pas de faire son « numéro de mouette » pour qu'on lui paie à boire. Mais le « secret de Joe Gould », tel que Mitchell l'a révélé en 1964 dans la suite de son croquis, c'est que le manuscrit indéfiniment griffonné de cette *Oral History* n'avait jamais existé.

En 2000, *Joe Gould's Secret* a été adapté à l'écran par Stanley Tucci, avec Ian Holm dans le rôle-titre. C'est une superbe reconstitution historique de Greenwich Village autour de 1945, époque où se situe *Et les hippos...* ; le lecteur sera bien inspiré de voir le film pour se figurer le décor de ces années aujourd'hui si lointaines.

En établissant le texte, je n'ai nullement visé l'exactitude minutieuse qu'Oliver Harris, éminent spécialiste de Burroughs, a apportée aux versions définitives des œuvres de jeunesse de son auteur, *Junky* (1953) et *The Yage Letters* (*Lettres du Yage*,1963). Je me suis davantage efforcé de présenter ces écrits conformément aux intentions des auteurs, pour autant que j'aie pu les discerner.

Nous savons que Kerouac et Burroughs avaient bien remis le même tapuscrit, intégral, à leur agent au printemps 1945 pour qu'il le soumette aux éditions Simon & Schuster et Random House. Ce simple fait confirme selon moi que si *Et les hippos...* avait fait l'objet d'un contrat à l'époque, les deux amis auraient certainement accepté de modestes suggestions éditoriales quant au plan et à l'orthographe, ce d'autant qu'ils visaient un public plus vaste que la seule avant-garde littéraire avec leur roman de genre.

J'ai évité de faire des corrections invisibles, sauf exceptions, qui ont consisté à ajouter des virgules lorsque la compréhension les rendait nécessaires ; j'ai même conservé quelques fautes de grammaire comme partie intégrante du style des auteurs. Il apparaît sans conteste que Jack Kerouac a tapé le texte tel que nous le voyons aujourd'hui, sans qu'il en manque une seule page. Il avait une orthographe sûre, et une ponctuation efficace. La plus grande liberté que j'aie prise a été de changer ici ou là le découpage en paragraphes pour cause de lisibilité, ou pour souligner le genre littéraire auquel l'œuvre appartient.

Avant de conclure tout à fait, une note sur le texte : il a été transcrit d'après des photocopies d'archives du tapuscrit, par mon ami et collègue Tom King, que j'ai ici le plaisir de remercier pour son aide minutieuse. Qu'il me soit également permis de dire ma reconnaissance envers mes amis Thomas Peschio, John Curry et James M. Smith, qui m'ont rendu bien des services et prodigué leurs encouragements ; les universitaires Gerald Nicosia, Oliver Harris, Dave Moore et Bill Morgan, qui m'ont fait de judicieuses suggestions, m'épargnant des erreurs ; merci encore à mon éditeur Jamison Stoltz, pour ses avis toujours dispensés à point nommé ; à Kathleen Silvassy, la compagne de Lucien Carr, pour l'hospitalité avec laquelle elle m'a accueilli, il y a bien des années ; à mon ami Gene Winick, qui a aidé à longueur de vie William et son legs, et de même à Sterling Lord, l'agent de Kerouac, qui soixante ans durant a nourri l'héritage laissé par Jack (et sa magnanimité lors de ce procès, il y a trente ans) ; merci à mon collègue et ami John Sampas, toujours égal à lui-même, avec son humour burroughsien ; à mes agents Andrew Wylie et Jeff Posternak, qui ont foi en moi depuis des années, malgré mes vicissitudes ; merci à Ira Silverberg, mon ami affectionné, pour tout cela et davantage ; et par-dessus tout, je remercie ma mère bien-aimée, Selda Paulk Grauerholz, qui a disparu le 13 mars 2008, en me demandant encore si j'avais terminé *Et les hippos...* — elle, je la remercie pour tout, toujours, et je regrette de ne plus pouvoir le lui dire de vive voix.

Lou Carr est devenu un ténor de la presse fervent et accompli. Il a été promu rédacteur en chef chez U.P.I. dans les années 1970, et quand United Press s'est installé à Washington, en 1983, il a suivi sa société. Il est resté à l'agence quarante-sept ans, jusqu'à sa retraite, en 1993, à l'âge de soixante-huit ans Il est mort à soixante-dix-neuf ans, le 28 janvier 2005.

En hommage à sa mémoire, plus de 160 de ses collègues se sont réunis le 4 mars 2005 dans les locaux du National Press Club, à Washington, pour faire son éloge. Comme l'a écrit le *Times* de Londres dans sa nécrologie : « L'histoire de l'agence United Press, *Unipress*, en 2003, a dit de Carr qu'il était "l'âme du service des actualités. Le grand étudiant élancé de la Beat Generation a réécrit, retapé, remanié avec une énergie vivifiante plus de grands reportages du circuit principal d'U.P.I., l'*A-Wire*, que quiconque avant lui ou depuis". Il jouissait d'une grande admiration et d'une grande affection auprès de ses collègues. »

« Le meurtre qui a donné naissance aux écrivains Beat » est désormais une histoire aux multiples versions, mais ce n'est pourtant pas la mort de Kammerer qui a bercé les Beats, mais bien plutôt la force vitale, tant intellectuelle que sexuelle, du jeune Lucien Carr, que Kammerer lui-même nourrissait depuis la puberté par des orgies poétiques — le divin *afflatus* de Baudelaire, l'acte gratuit de Gide, les rapports passionnés de Verlaine et Rimbaud. Et puis ils ont tous deux sombré dans la folie, et joué ces rôles fatals dans leur propre vie.

Dans *Et les hippos...*, Jack et Bill ont dépeint un drame où le mentor dérape et où la jeunesse cède à sa cruauté naturelle. Toutefois, le fait notable de cette intrigue, c'est que la mort de Kammerer, loin d'être la fin de l'histoire, en marque plutôt le début. Lui mort, en effet, et Lucien sous les verrous, reste le trio Burroughs-Kerouac-Ginsberg. Et s'il est vrai qu'aucun d'entre eux ne verra son œuvre publiée avant dix ans, ils sont bien les auteurs que la postérité, littéraire entre autres, va consacrer.

Le temps où Lucien Carr se trouve sous les feux de la rampe lorsqu'il est l'insouciant point de mire des Beats — le diaphane et charismatique Claude de Maubris, leur grand sacrificateur, qui les invite à « *plonger au fond du gouffre, Enfer ou Ciel, qu'importe ?*[1] » —, ces jours bénis ont pris fin il y a bien des années, par une chaude nuit d'été, pendant la guerre, où Lucien a mis à mort — qui sait, à sa demande ? — son mentor et son béguin, son prédateur et son pantin, son créateur et son destructeur, David Eames Kammerer.

James W. GRAUERHOLZ
Juin 2008

1 En français dans le texte. *(N.d.T.)*

DES MÊMES AUTEURS

WILLIAM S. BURROUGHS

Aux Éditions Gallimard

LE FESTIN NU (Folio SF n° 93 et L'Imaginaire n° 138)

JUNKY (Folio n° 4750)

ET LES HIPPOPOTAMES ONT BOUILLI VIFS DANS LEURS PISCINES, en collaboration avec Jack Kerouac (Folio n° 5665)

Aux Éditions Christian Bourgois

LES TERRES OCCIDENTALES

INTERZONE

TRILOGIE

QUEER

LES GARÇONS SAUVAGES : UN LIVRE DES MORTS

MON ÉDUCATION : UN LIVRE DES RÊVES

ULTIMES PAROLES : LES DERNIERS JOURNAUX DE WILLIAM BURROUGHS

LETTRES

LES LETTRES OCCIDENTALES

LETTRES DE TANGER À ALLEN GINSBERG : 1953-1957

LETTRES DU YAGE

ESSAIS

LES DERNIERS MOTS DE DUTCH SCHULTZ

PARAGES DES VOIES MORTES

LES CITÉS DE LA NUIT ÉCARLATE

ENTRE CHATS

LE MÉTRO BLANC ET AUTRES HISTOIRES

LA MACHINE MOLLE

Aux Éditions Tristram

LE PORTE-LAME

Chez d'autres éditeurs

APOCALYPSE, *Éditions Dernier terrain vague*

ŒUVRE CROISÉE, *Éditions Flammarion*

HAVRE DES SAINTS, *Éditions Flammarion*

RÉVOLUTION ÉLECTRONIQUE, *Éditions Hors Commerce*

COMPOSITE TEXT, *Éditions Derrière la salle de bains*

PARLER POUR JOE, *Éditions Derrière la salle de bains*

SPEED, *Éditions 13e note*

LA DERNIÈRE BALADE DE BILLY, *Éditions 13e note*

JACK KEROUAC

Aux Éditions Gallimard

SUR LA ROUTE (Folio nº 766 et Folio Plus nº 31)

DOCTEUR SAX (Folio nº 2607)

LES CLOCHARDS CÉLESTES (Folio nº 565)

LES SOUTERRAINS (Folio nº 1690)

BIG SUR (Folio nº 1094)

LE VAGABOND SOLITAIRE (Folio nº 1187)

SATORI À PARIS (Folio nº 2458)

VISIONS DE GÉRARD (Folio nº 5389)

VIEIL ANGE DE MINUIT suivi de CITECITECITE et de SHAKESPEARE ET L'OUTSIDER

VRAIE BLONDE, ET AUTRES (Folio nº 3904)

LE VAGABOND SOLITAIRE, choix/LONESOME TRAVELER, selected stories (Folio Bilingue nº 81)

LE VAGABOND AMÉRICAIN EN VOIE DE DISPARITION, *précédé de* GRAND VOYAGE EN EUROPE, *nouvelles extraites du* Vagabond solitaire (Folio 2 € nº 3695)

LETTRES CHOISIES, 1940-1956

SUR LA ROUTE ET AUTRES ROMANS : SUR LA ROUTE – VISIONS DE CODY (I) – LES SOUTERRAINS – TRISTESSA – LES CLOCHARDS

CÉLESTES – L'ÉCRIT DE L'ÉTERNITÉ D'OR – BIG SUR – VANITÉ DE DULUOZ, coll. « Quarto »

SATORI À PARIS/SATORI IN PARIS (Folio Bilingue n° 150)

LETTRES CHOISIES, 1957-1969

SUR LA ROUTE. Le rouleau original (Folio n° 5388)

ET LES HIPPOPOTAMES ONT BOUILLI VIFS DANS LEURS PISCINES, en collaboration avec William S. Burroughs (Folio n° 5665)

VANITÉ DE DULUOZ (Folio n° 5495)

BEAT GENERATION

TRISTESSA (Folio n° 5567)

MAGGIE CASSIDY (Folio n° 5568)

Sur Jack Kerouac :

Dans la collection Folio Biographies

KEROUAC, par Yves Buin

Aux Éditions Denoël

LES ANGES VAGABONDS (Folio n° 457)

ANGES DE LA DÉSOLATION

BOOK OF BLUES, édition bilingue

UNDERWOOD MEMORIES

Aux Éditions de La Table Ronde

AVANT LA ROUTE

LE LIVRE DES HAÏKU

LIVRE DES ESQUISSES (1952-1954)

COLLECTION FOLIO

Dernières parutions

5782. Gérard de Cortanze — *Miroirs*
5783. Philippe Delerm — *Monsieur Spitzweg*
5784. F. Scott Fitzgerald — *La fêlure* et autres nouvelles
5785. David Foenkinos — *Je vais mieux*
5786. Guy Goffette — *Géronimo a mal au dos*
5787. Angela Huth — *Quand rentrent les marins*
5788. Maylis de Kerangal — *Dans les rapides*
5789. Bruno Le Maire — *Musique absolue*
5790. Jean-Marie Rouart — *Napoléon ou La destinée*
5791. Frédéric Roux — *Alias Ali*
5792. Ferdinand von Schirach — *Coupables*
5793. Julie Wolkenstein — *Adèle et moi*
5794. James Joyce — *Un petit nuage* et autres nouvelles
5795. Blaise Cendrars — *L'Amiral*
5796. Collectif — *Pieds nus sur la terre sacrée.* Textes rassemblés par T. C. McLuhan
5797. Ueda Akinari — *La maison dans les roseaux*
5798. Alexandre Pouchkine — *Le coup de pistolet et autres récits de feu Ivan Pétrovitch Bielkine*
5799. Sade — *Contes étranges*
5800. Vénus Khoury-Ghata — *La fiancée était à dos d'âne*
5801. Luc Lang — *Mother*
5802. Jean-Loup Trassard — *L'homme des haies*
5803. Emmanuelle Bayamack-Tam — *Si tout n'a pas péri avec mon innocence*
5804. Pierre Jourde — *Paradis noirs*
5805. Jérôme Garcin — *Bleus horizons*

5806. Joanne Harris	*Des pêches pour Monsieur le curé*
5807. Joanne Harris	*Chocolat*
5808. Marie-Hélène Lafon	*Les pays*
5809. Philippe Labro	*Le flûtiste invisible*
5810. Collectif	*Vies imaginaires. De Plutarque à Michon*
5811. Akira Mizubayashi	*Mélodie. Chronique d'une passion*
5812. Amos Oz	*Entre amis*
5813. Yasmina Reza	*Heureux les heureux*
5814. Yasmina Reza	*Comment vous racontez la partie*
5815. Meir Shalev	*Ma grand-mère russe et son aspirateur américain*
5816. Italo Svevo	*La conscience de Zeno*
5817. Sophie Van der Linden	*La fabrique du monde*
5818. Mohammed Aissaoui	*Petit éloge des souvenirs*
5819. Ingrid Astier	*Petit éloge de la nuit*
5820. Denis Grozdanovitch	*Petit éloge du temps comme il va*
5821. Akira Mizubayashi	*Petit éloge de l'errance*
5822. Martin Amis	*Lionel Asbo, l'état de l'Angleterre*
5823. Matilde Asensi	*Le pays sous le ciel*
5824. Tahar Ben Jelloun	*Les raisins de la galère*
5825. Italo Calvino	*Si une nuit d'hiver un voyageur*
5827. Italo Calvino	*Collection de sable*
5828. Éric Fottorino	*Mon tour du « Monde »*
5829. Alexandre Postel	*Un homme effacé*
5830. Marie NDiaye	*Ladivine*
5831. Chantal Pelletier	*Cinq femmes chinoises*
5832. J.-B. Pontalis	*Marée basse marée haute*
5833. Jean-Christophe Rufin	*Immortelle randonnée. Compostelle malgré moi*
5834. Joseph Kessel	*En Syrie*
5835. F. Scott Fitzgerald	*Bernice se coiffe à la garçonne*
5836. Baltasar Gracian	*L'Art de vivre avec élégance*

5837. Montesquieu	*Plaisirs et bonheur et autres pensées*
5838. Ihara Saikaku	*Histoire du tonnelier tombé amoureux*
5839. Tang Zhen	*Des moyens de la sagesse*
5840. Montesquieu	*Mes pensées*
5841. Philippe Sollers	*Sade contre l'Être Suprême* précédé de *Sade dans le Temps*
5842. Philippe Sollers	*Portraits de femmes*
5843. Pierre Assouline	*Une question d'orgueil*
5844. François Bégaudeau	*Deux singes ou ma vie politique*
5845. Tonino Benacquista	*Nos gloires secrètes*
5846. Roberto Calasso	*La Folie Baudelaire*
5847. Erri De Luca	*Les poissons ne ferment pas les yeux*
5848. Erri De Luca	*Les saintes du scandale*
5849. François-Henri Désérable	*Tu montreras ma tête au peuple*
5850. Denise Epstein	*Survivre et vivre*
5851. Philippe Forest	*Le chat de Schrödinger*
5852. René Frégni	*Sous la ville rouge*
5853. François Garde	*Pour trois couronnes*
5854. Franz-Olivier Giesbert	*La cuisinière d'Himmler*
5855. Pascal Quignard	*Le lecteur*
5856. Collectif	*C'est la fête ! La littérature en fêtes*
5857. Stendhal	*Mémoires d'un touriste*
5858. Josyane Savigneau	*Point de côté*
5859. Arto Paasilinna	*Pauvres diables*
5860. Jean-Baptiste Del Amo	*Pornographia*
5861. Michel Déon	*À la légère*
5862. F. Scott Fitzgerald	*Beaux et damnés*
5863. Chimamanda Ngozi Adichie	*Autour de ton cou*
5864. Nelly Alard	*Moment d'un couple*
5865. Nathacha Appanah	*Blue Bay Palace*
5866. Julian Barnes	*Quand tout est déjà arrivé*
5867. Arnaud Cathrine	*Je ne retrouve personne*

5868.	Nadine Gordimer	*Vivre à présent*
5869.	Hélène Grémillon	*La garçonnière*
5870.	Philippe Le Guillou	*Le donjon de Lonveigh*
5871.	Gilles Leroy	*Nina Simone, roman*
5873.	Daniel Pennac	*Ancien malade des hôpitaux de Paris*
5874.	Jocelyne Saucier	*Il pleuvait des oiseaux*
5875.	Frédéric Verger	*Arden*
5876.	Guy de Maupassant	*Au soleil* suivi de *La Vie errante et autres voyages*
5877.	Gustave Flaubert	*Un cœur simple*
5878.	Nicolas Gogol	*Le Nez*
5879.	Edgar Allan Poe	*Le Scarabée d'or*
5880.	Honoré de Balzac	*Le Chef-d'œuvre inconnu*
5881.	Prosper Mérimée	*Carmen*
5882.	Franz Kafka	*La Métamorphose*
5883.	Laura Alcoba	*Manèges. Petite histoire argentine*
5884.	Tracy Chevalier	*La dernière fugitive*
5885.	Christophe Ono-dit-Biot	*Plonger*
5886.	Éric Fottorino	*Le marcheur de Fès*
5887.	Françoise Giroud	*Histoire d'une femme libre*
5888.	Jens Christian Grøndahl	*Les complémentaires*
5889.	Yannick Haenel	*Les Renards pâles*
5890.	Jean Hatzfeld	*Robert Mitchum ne revient pas*
5891.	Étienne Klein	*En cherchant Majorana. Le physicien absolu*
5892.	Alix de Saint-André	*Garde tes larmes pour plus tard*
5893.	Graham Swift	*J'aimerais tellement que tu sois là*
5894.	Agnès Vannouvong	*Après l'amour*
5895.	Virginia Woolf	*Essais choisis*
5896.	Collectif	*Transports amoureux. Nouvelles ferroviaires*
5897.	Alain Damasio	*So phare away* et autres nouvelles
5898.	Marc Dugain	*Les vitamines du soleil*
5899.	Louis Charles Fougeret de Monbron	*Margot la ravaudeuse*

5900. Henry James	*Le fantôme locataire* précédé d'*Histoire singulière de quelques vieux habits*
5901. François Poullain de La Barre	*De l'égalité des deux sexes*
5902. Junichirô Tanizaki	*Le pied de Fumiko* précédé de *La complainte de la sirène*
5903. Ferdinand von Schirach	*Le hérisson* et autres nouvelles
5904. Oscar Wilde	*Le millionnaire modèle* et autres contes
5905. Stefan Zweig	*Découverte inopinée d'un vrai métier* suivi de *La vieille dette*
5906. Franz Bartelt	*Le fémur de Rimbaud*
5907. Thomas Bernhard	*Goethe se mheurt*
5908. Chico Buarque	*Court-circuit*
5909. Marie Darrieussecq	*Il faut beaucoup aimer les hommes*
5910. Erri De Luca	*Un nuage comme tapis*
5911. Philippe Djian	*Love Song*
5912. Alain Finkielkraut	*L'identité malheureuse*
5913. Tristan Garcia	*Faber. Le destructeur*
5915. Thomas Gunzig	*Manuel de survie à l'usage des incapables*
5916. Henri Pigaillem	*L'Histoire à la casserole. Dictionnaire historique de la gastronomie*
5917. Michel Quint	*L'espoir d'aimer en chemin*
5918. Jean-Christophe Rufin	*Le collier rouge*
5919. Christian Bobin	*L'épuisement*
5920. Collectif	*Waterloo. Acteurs, historiens, écrivains*
5921. Santiago H. Amigorena	*Des jours que je n'ai pas oubliés*
5922. Tahar Ben Jelloun	*L'ablation*
5923. Tahar Ben Jelloun	*La réclusion solitaire*
5924. Raphaël Confiant	*Le Bataillon créole (Guerre de 1914-1918)*
5925. Marc Dugain	*L'emprise*

5926. F. Scott Fitzgerald — *Tendre est la nuit*
5927. Pierre Jourde — *La première pierre*
5928. Jean-Patrick Manchette — *Journal (1966-1974)*
5929. Scholastique Mukasonga — *Ce que murmurent les collines. Nouvelles rwandaises*
5930. Timeri N. Murari — *Le Cricket Club des talibans*
5931. Arto Paasilinna — *Les mille et une gaffes de l'ange gardien Ariel Auvinen*
5932. Ricardo Piglia — *Pour Ida Brown*
5933. Louis-Bernard Robitaille — *Les Parisiens sont pires que vous ne le croyez*
5934. Jean Rolin — *Ormuz*
5935. Chimamanda Ngozi Adichie — *Nous sommes tous des féministes* suivi des *Marieuses*
5936. Victor Hugo — *Claude Gueux*
5937. Richard Bausch — *Paix*
5938. Alan Bennett — *La dame à la camionnette*
5939. Sophie Chauveau — *Noces de Charbon*
5940. Marcel Cohen — *Sur la scène intérieure*
5941. Hans Fallada — *Seul dans Berlin*
5942. Maylis de Kerangal — *Réparer les vivants*
5943. Mathieu Lindon — *Une vie pornographique*
5944. Farley Mowat — *Le bateau qui ne voulait pas flotter*
5945. Denis Podalydès — *Fuir Pénélope*
5946. Philippe Rahmy — *Béton armé*
5947. Danièle Sallenave — *Sibir. Moscou-Vladivostok*
5948. Sylvain Tesson — *S'abandonner à vivre*
5949. Voltaire — *Le Siècle de Louis XIV*
5950. Dôgen — *Instructions au cuisinier zen* suivi de *Propos de cuisiniers*
5951. Épictète — *Du contentement intérieur* et autres textes
5952. Fénelon — *Voyage dans l'île des plaisirs. Fables et histoires édifiantes*

5953. Meng zi — *Aller au bout de son cœur* précédé du *Philosophe Gaozi*
5954. Voltaire — *De l'horrible danger de la lecture et autres invitations à la tolérance*
5955. Cicéron — *« Le bonheur dépend de l'âme seule ». Tusculanes, livre V*
5956. Lao-tseu — *Tao-tö king*
5957. Marc Aurèle — *Pensées. Livres I-VI*
5958. Montaigne — *Sur l'oisiveté et autres essais en français moderne*
5959. Léonard de Vinci — *Prophéties* précédé de *Philosophie* et *Aphorismes*
5960. Alessandro Baricco — *Mr Gwyn*
5961. Jonathan Coe — *Expo 58*
5962. Catherine Cusset — *La blouse roumaine*
5963. Alain Jaubert — *Au bord de la mer violette*
5964. Karl Ove Knausgaard — *La mort d'un père*
5965. Marie-Renée Lavoie — *La petite et le vieux*
5966. Rosa Liksom — *Compartiment n° 6*
5967. Héléna Marienské — *Fantaisie-sarabande*
5968. Astrid Rosenfeld — *Le legs d'Adam*
5969. Sempé — *Un peu de Paris*
5970. Zadie Smith — *Ceux du Nord-Ouest*
5971. Michel Winock — *Flaubert*
5972. Jonathan Coe — *Les enfants de Longsbridge*
5973. Anonyme — *Pourquoi l'eau de mer est salée et autres contes de Corée*
5974. Honoré de Balzac — *Voyage de Paris à Java*
5975. Collectif — *Des mots et des lettres*
5976. Joseph Kessel — *Le paradis du Kilimandjaro et autres reportages*
5977. Jack London — *Une odyssée du Grand Nord*
5978. Thérèse d'Avila — *Livre de la vie*
5979. Iegor Gran — *L'ambition*

5980. Sarah Quigley — *La symphonie de Leningrad*
5981. Jean-Paul Didierlaurent — *Le liseur du 6h27*
5982. Pascale Gautier — *Mercredi*
5983. Valentine Goby — *Sept jours*
5984. Hubert Haddad — *Palestine*
5985. Jean Hatzfeld — *Englebert des collines*
5986. Philipp Meyer — *Un arrière-goût de rouille*
5987. Scholastique Mukasonga — *L'Iguifou*
5988. Pef — *Ma guerre de cent ans*
5989. Pierre Péju — *L'état du ciel*
5990. Pierre Raufast — *La fractale des raviolis*
5991. Yasmina Reza — *Dans la luge d'Arthur Schopenhauer*
5992. Pef — *Petit éloge de la lecture*
5993. Philippe Sollers — *Médium*
5994. Thierry Bourcy — *Petit éloge du petit déjeuner*
5995. Italo Calvino — *L'oncle aquatique*
5996. Gérard de Nerval — *Le harem*
5997. Georges Simenon — *L'Étoile du Nord*
5998. William Styron — *Marriott le marine*
5999. Anton Tchékhov — *Les groseilliers*
6000. Yasmina Reza — *Adam Haberberg*
6001. P'ou Song-ling — *La femme à la veste verte*
6002. H. G. Wells — *Le cambriolage d'Hammerpond Park*
6003. Dumas — *Le Château d'Eppstein*
6004. Maupassant — *Les Prostituées*
6005. Sophocle — *Œdipe roi*
6006. Laura Alcoba — *Le bleu des abeilles*
6007. Pierre Assouline — *Sigmaringen*
6008. Yves Bichet — *L'homme qui marche*
6009. Christian Bobin — *La grande vie*
6010. Olivier Frébourg — *La grande nageuse*
6011. Romain Gary — *Le sens de ma vie* (à paraître)
6012. Perrine Leblanc — *Malabourg*
6013. Ian McEwan — *Opération Sweet Tooth*

6014. Jean d'Ormesson	*Comme un chant d'espérance*
6015. Orhan Pamuk	*Cevdet Bey et ses fils*
6016. Ferdinand von Schirach	*L'affaire Collini*
6017. Israël Joshua Singer	*La famille Karnovski*
6018. Arto Paasilinna	*Hors-la-loi*
6019. Jean-Christophe Rufin	*Les enquêtes de Providence*
6020. Maître Eckart	*L'amour est fort comme la mort* et autres textes
6021. Gandhi	*La voie de la non-violence*
6022. François de La Rochefoucauld	*Maximes*
6023. Collectif	*Pieds nus sur la terre sacrée*
6024. Saâdi	*Le Jardin des Fruits*
6025. Ambroise Paré	*Des monstres et prodiges*
6026. Antoine Bello	*Roman américain*
6027. Italo Calvino	*Marcovaldo* (à paraître)
6028. Erri De Luca	*Le tort du soldat*
6029. Slobodan Despot	*Le miel*
6030. Arthur Dreyfus	*Histoire de ma sexualité*
6031. Claude Gutman	*La loi du retour*
6032. Milan Kundera	*La fête de l'insignifiance*
6033. J.M.G. Le Clezio	*Tempête* (à paraître)
6034. Philippe Labro	*« On a tiré sur le Président »*
6035. Jean-Noël Pancrazi	*Indétectable*
6036. Frédéric Roux	*La classe et les vertus*
6037. Jean-Jacques Schuhl	*Obsessions*
6038. Didier Daeninckx – Tignous	*Corvée de bois*
6039. Reza Aslan	*Le Zélote*
6040. Jane Austen	*Emma*
6041. Diderot	*Articles de l'Encyclopédie*
6042. Collectif	*Joyeux Noël*
6043. Tignous	*Tas de riches*
6044. Tignous	*Tas de pauvres*
6045. Posy Simmonds	*Literary Life*
6046. William Burroughs	*Le festin nu*

Composition Cmb graphic
Impression Maury Imprimeur
45330 Malesherbes
le 12 mai 2016.
Dépôt légal : mai 2016.
1er dépôt légal dans la collection : octobre 2013.
Numéro d'imprimeur : 208904.

ISBN 978-2-07-045378-8. / Imprimé en France.

306170